Maria Uleer

Die Turbulenzen des Herrn Rogalla

Geschichten

Bibliografische Information der Deutschen Nationalbibliothek:
Die Deutsche Nationalbibliothek verzeichnet diese Publikation in der
Deutschen Nationalbibliografie; detaillierte bibliografische Daten sind im
Internet über http://dnb.d-nb.de abrufbar.

1. Auflage: November 2018

Umschlaggestaltung: Rose Bernfeld

© Kid Verlag
Kid Verlag | Samansstraße 4 | 53227 Bonn

ISBN 978-3-947759-01-9

Inhalt

Lungenentzündung

„Du darfst nicht lügen", sagte meine Mutter, wenn ich leugnete, dass wir einem Mitschüler einen üblen Streich gespielt hatten, oder wenn ich einen Grund für zu spätes Nachhausekommen erfand. „Kleine Lügen bestraft der liebe Gott sofort. Bei großen lässt er sich Zeit. Dafür ist die Strafe dann umso härter."

Der liebe Gott musste für Vieles herhalten, wenn sie etwas allein nicht durchsetzen konnte.

An kleine Lügen verschwendete ich keinen Gedanken; da hatte ich längst die Erfahrung gemacht, dass ich das mit der sofortigen Strafe nicht so ernst nehmen musste. Aber eine größere Sache – das Wort *Lüge* vermied ich – belastete mich schon eine geraume Zeit, genauer gesagt, seit wir vom Dorf in die Stadt gezogen waren.

Im Dorf hatte jeder unsere Familie gekannt. Jeder wusste deshalb auch, wie mein Vater zu Tode gekommen war. „Habt ihr schon gehört, was mit dem Rogalla passiert ist?" Und dann lachte jeder, als könne nur meinem Vater so etwas unvorstellbar Lächerliches passieren. Ich hasste das Thema, hasste es, wenn hinter meinem Rücken getuschelt und gekichert wurde. Konnte mein Vater denn nicht eines normalen Todes sterben, zuhause im Bett oder im Krankenhaus? Stattdessen im Schlachthof von einem toten Schaf erschlagen zu werden, das wich einfach zu sehr von der Normalität ab. Das gab nur Anlass für Witzeleien, denen mein Vater als zurückgezogen lebender Schriftsteller ohnehin ausgesetzt war. Allein dass er oft in der Dunkelheit, die Hände auf dem Rücken verschränkt, durchs Dorf spazierte, machte ihn zu einem Sonderling, zu dem dieser Tod passte.

„Was wollte der Rogalla überhaupt im Schlachthof?", fragten die Nachbarn. „Er hat für seinen Roman recherchiert", antwortete meine Mutter, was für die Dorfbewohner neues, ausbeutbares Futter bedeutete, da sie mit der Antwort wenig anfangen konnten. Schließlich einigten sie sich darauf, dass mein Vater etwas für seinen Roman suchte – was immer man in einem Schlachthof finden konnte –, als der Haken, an dem das Schaf hing, sich löste und das Tier ihm auf den Kopf fiel.

Meine Mutter beschloss, aus der Enge des Dorfes zu fliehen und in die Stadt zu ziehen. Damit sah ich endlich eine Chance, die peinliche Todesursache meines Vaters loszuwerden. In der Stadt kannte mich niemand. Ein großer Vorteil. Wenn Lehrer, Mitschüler, Eltern der Klassenkameraden fragten: „Dein Vater ist schon tot? Woran ist er denn gestorben?", antwortete ich: „An Lungenentzündung." Überall wurde dies mit Bedauern aufgenommen, jedoch nie angezweifelt, denn im Erfinden von Geschichten war ich Meister. Der Deutschlehrer lobte mich sogar, als ich einen besonders guten Aufsatz geschrieben hatte: „Vielleicht wirst du eines Tages Schriftsteller." Alles, aber das nicht.

Schon lange hatte niemand mehr zu mir gesagt: „Ach du bist der, dessen Vater das Schaf auf den Kopf gefallen ist." Und ebenso lange hatte ich das erniedrigende Gelächter hinter meinem Rücken nicht mehr gehört. Nur abends im Bett erinnerte ich mich manchmal an die Worte meiner Mutter, dass bei großen Lügen die Strafe zwar später, dafür umso härter ausfiele.

Es war jedoch nicht so sehr die Angst vor der Strafe, die mich nicht einschlafen ließ; ich wurde das unbestimmte Gefühl nicht los, dass ich meinem Vater Unrecht tat. Durfte ich einfach seine Lebensgeschichte abändern? Sollte ich nicht eher die Wahrheit verteidigen, als eine Lüge über seinen Tod zu verbreiten? Aber ich schämte mich zu sehr, als dass ein Wort über die wahre Todesursache über meine Lippen gekommen wäre.

Bis eines Tages ein neuer Schüler in der Klasse auftauchte. Nicolas. Er bekam den Platz neben mir zugewiesen. Nicolas schaute kaum auf, als sei ihm der Platz gleichgültig, nahm seine Tasche und setzte sich schweigend neben mich. Als der Unterricht zu Ende war, hatte er immer noch kein Wort gesagt, sondern nur gelangweilt aus dem Fenster geschaut.

Irgendetwas musste ich mir einfallen lassen, das meinen neuen Banknachbarn zum Reden brachte.

„Warum hast du die Schule gewechselt?", begann ich vorsichtig.

„War nicht freiwillig", war Nicolas' knappe Antwort.

„Hast du etwas angestellt?"

„Kann man so sagen.“

„Und was?“

„Geht dich nichts an.“

„Also war's was Schlimmes.“ Ich ließ nicht locker.

Nicolas suchte etwas in seiner Tasche und hob nur kurz den Kopf.

„Eher was Peinliches.“

Es war eindeutig, dass er wenig Lust hatte, den Grund für seinen Schulwechsel offenzulegen. Aber jetzt war ich neugierig geworden.

„Drück dich mal etwas genauer aus.“

„Ich sag dir nur eins: Sowas Peinliches hast du noch nicht erlebt.“

Sein Tonfall ärgerte mich. Ich dachte an das Schaf im Schlachthof, das auf meinen Vater gefallen war, an die Dorfbewohner, die sich darüber lustig machten, an die vielen Lügen, die ich deswegen erzählt hatte. Und dieser Nicolas bildete sich ein, ich hätte keine Ahnung von beschämenden Erlebnissen.

„Woher willst du wissen, dass ich *sowas Peinliches* wie du noch nicht erlebt habe?“

„So wie du aussiehst“, antwortete Nicolas von oben herab und fuhr fort: „Wie heißt du noch mal?“

„Rogalla.“

„Komischer Name. Wenn du wirklich was zu erzählen hast, Rogalla, dann lass doch mal hören.“

„Du zuerst,“ sagte ich ohne nachzudenken. Erschrocken hielt ich inne. Hatte ich wirklich „Du zuerst“ gesagt? Das bedeutete, dass ich selbst auch mein Geheimnis preisgeben musste.

„Du fängst an“, sagte Nicolas fest. „Und dann wirst du sehen, dass mein Erlebnis im Vergleich zu deiner Geschichte ein Knaller ist.“

Ich spürte, dass Nicolas nicht mit sich handeln lassen würde. Sollte ich mich wirklich trauen? Mein Körper wurde steif vor Aufregung, denn ich konnte nicht zurück, ohne als Weichei dazustehen. Hätte ich nur nicht mit diesem unsympathischen Neuling geredet. „Bloß nicht stottern“, befahl ich mir, „und so knapp wie möglich“. Vor Nervosität biss ich mir in die Zunge, die sogleich zu bluten anfing.

„Kneifst du etwa?“

Es gab kein Entkommen. Ich wischte mit der Hand über die blutigen Lippen und begann: „Mein Vater ist auf die peinlichste Weise gestorben, die du dir vorstellen kannst. Er war im Schlachthof, weil er für seinen Roman Informationen brauchte. Da hat sich ein Schaf, das über ihm hing, aus dem Haken gelöst und ist ihm auf den Kopf gefallen. Und das hat meinem Vater das Genick gebrochen."

Jetzt musste es kommen, das Gelächter meines Mitschülers oder sein höhnischer Kommentar. Aber nichts dergleichen passierte. Nikolas schwieg. Konnte das wahr sein? Als ich keine Anstalten machte, weiterzureden, sagte Nicolas: „War das alles? Und dafür machst du so ein Geschiss?"

Der Neuling war kein bisschen beeindruckt. Er hielt meine Geschichte für derart langweilig, dass er nicht einmal aufhörte, in seiner Tasche zu kramen. „Und dafür machst du so ein Geschiss?" hatte er gesagt. Ich fing an zu lachen. Meine Mutter würde mir die unfeine Ausdrucksweise verbieten, aber sie traf den Nagel auf den Kopf. Lungenentzündung. Was für einen langweiligen Tod hatte ich meinem Vater da angedichtet. Ich schämte mich nicht mehr für das unglückselige Schaf im Schlachthof; ich schämte mich für meine Lüge. Sollte ich eines Tages doch Schriftsteller werden, würde ich mit einem Text, der meinem Vater angemessen war, meine Lüge wiedergutmachen.

„Und jetzt meine Geschichte?", fragte Nicolas, der endlich seine Fahrkarte gefunden hatte.

„Nee, lass man", ich schüttelte den Kopf, „wahrscheinlich machst du genauso ein Geschiss um deine Geschichte wie ich."

junge Mutter gegenüber, die hingebungsvoll ihr Kind mit Keksen vollstopfte. „Mümmelmännlein", sagte sie liebevoll zu ihrem Sohn. Ich fuhr hoch. „Mümmelmännlein", das war ein Glücksfund, dreimal *m*, zweimal *l* und zweimal *n*. Ich wiederholte das Wort mehrmals genüsslich Silbe für Silbe, ohne zu merken, dass ich meine Haltestelle verpasste.

Als ich mich schließlich zu Fuß auf den Rückweg machte, kam ich an dem kleinen Lebensmittelladen vorbei, in dem Monika sich in ihrer Freizeit Geld verdiente. Monika war die Studentin, die mich bei Dr. Rischler nicht ausgelacht, sondern mich, wie ich mir immer wieder in Erinnerung rief, angelächelt hatte. Ich ging deshalb öfter als nötig in das Geschäft, kaufte Auberginen, die ich nicht zuzubereiten wusste, Gorgonzola, den ich nicht ausstehen konnte, oder Mehl, von dem ich noch zwei Kilo zu Hause hatte, nur weil Monika sich gerade in dieser oder jener Ecke zu schaffen machte. Stets wechselte ich ein paar Worte mit Monalisa, wie ich sie heimlich nannte, denn so ein besonderes Mädchen konnte doch unmöglich einen Namen mit einem knackenden *k* in der Mitte haben.

Monalisa ging auf meine schüchternen Unterhaltungsversuche ein, neckte mich ein bisschen und lächelte geheimnisvoll, bis ich mir eines Tages ein Herz fasste und ihr von meiner Leidenschaft für bestimmte Laute erzählte. Ich gestand ihr auch, dass mein Nachname Rogalla für mich unaussprechlich sei. Meine Mutter hatte deswegen schon mit einem Psychologen gesprochen, der alles auf die außergewöhnliche Todesursache meines Vaters schob. „Eine Spätfolge. Das gibt sich wieder."
Monalisa sagte nichts, sondern strich nur ihre dunklen Haare aus dem Gesicht. „Armer Irrer", schien sie zu denken, „wie kann man auf solche Ideen kommen." Ich schalt mich, dass ich ihr von meinen geheimen Vorlieben erzählt hatte und rannte kopflos nach draußen, ohne auf ein Wort von Monalisa zu warten.

Seitdem betrat ich das Geschäft nur noch, wenn ich dringend etwas benötigte, und dann sah ich zu, dass der unfreundliche Besitzer mich bediente. Monalisa versuchte ich aus meinen Gedanken zu verbannen, auch wenn es mir schwerfiel. Stattdessen frönte ich mehr denn je meiner Sammelleidenschaft. Ich suchte jetzt nicht mehr nur nach Substantiven, sondern nahm auch Verben und Adjektive in meine Liste auf. So tummelten sich denn *Honigmonde* unter *lümmeln, Liebelei* und *Sonnenblumen* neben *säuseln* und *Gabelweihe*.

Schließlich genügte mir auch das nicht mehr. Um meine Gedanken von Monalisa abzulenken, versuchte ich nun ganze Sätze zu bilden, in denen kein Rachen-*r*, kein *p, t, k*, kein *sch* und kein scharfes *s* vorkam. Das war verflixt schwierig, aber gerade das trieb mich zu Höchstleistungen an. Sobald ich einen Satz vollendet hatte, sprach ich ihn ein paar mal vor mich hin, um ihn dann öffentlich zu testen. Nur, wem sollte ich so Sätze sagen wie: *Die Hummeln summen auf den Sonnenblumen?* Die Marktfrau schaute mich argwöhnisch an, als ich meinte: „Ich nehme ein Bündel Lavendel." „Ein Bündel?" Ich konnte ihr doch nicht sagen, dass *ein Bund* mit hartem *t* endete, und dass das schlimme Wort *Strauß* schon gar nicht in Frage kam.

Im Lebensmittelgeschäft ging ich, den Blick geradeaus gerichtet, an Monalisa vorbei und bat den Besitzer um eine Dose Honig. „Honig gibt's nicht in Dosen", entgegnete dieser schroff. Als wenn ich das nicht wüsste, aber *Glas* mit scharfem *s* wollte ich einfach nicht sagen. „Also, was ist? Wollen Sie nun ein Glas Honig, oder was?", fragte der Besitzer ungeduldig. Ergeben nickte ich, während Monalisa mich, wie ich aus den Augenwinkeln sah, mit einem spöttischen Lächeln bedachte. Vielleicht sollte ich doch meine zugegebenermaßen sonderbaren Ideen aufgeben?

Der endgültige Entschluss kam zwei Tage später. Ich brauchte zwei Eier und Butter für ein Rezept, das mir meine Mutter geschickt hatte. Außerdem Schmalz und Radieschen. Das Problem war nur: wie kam ich an die Lebensmittel, ohne diese hässlichen Wörter zu gebrauchen? Als ich schließlich, um das abfällige *z* in *zwei* zu umgehen, „sieben weniger fünf Eier" verlangte, riss dem Ladenbesitzer der Geduldsfaden. „Du Schwachkopf", rief er, „lass mich in Ruhe und kauf' woanders ein." Dann gab er mir einen Stoß vor die Brust, so dass ich mich unversehens in einer Salatkiste liegend wiederfand. „Also gut", dachte ich, „ich gebe auf. Schluss mit dem schönen Spiel." Ich richtete mich auf und rief laut, mich innerlich vor Abscheu windend: „Zwei Eier, ein Paket Butter, ein Töpfchen Schmalz und Radieschen." Als hätte diese Ansammlung von Zisch- und Pfeiflauten mein Trommelfell durchlöchert, ließ ich mich erschöpft in den Salat zurücksinken.

Da beugte sich plötzlich Monalisa über mich und sah mich mit ihrem geheimnisvollen Lächeln an. War es Spott, war es Verständnis für mich, oder blitzte nur der Schalk in ihren Augen? Ungläubig lauschte ich ihrer Stimme: kein *r* oder scharfes *s*, geschweige denn ein *sch* oder *z* waren zu hören. Nur wohlklingende Laute: „Ich liebe deine unsinnigen Ideen. Nun suche deine Siebensachen, denn ich nehm' dich, du Sündenlümmel, auf in meinen Gnadenhimmel."

Liebe Giulia, …

„Könntest du das mal ins Italienische übersetzen, Rogalla?" Georg drückte mir einen Zettel in die Hand, auf den er ein paar Zeilen achtlos hingekritzelt hatte.

„Und wofür brauchst du das, wenn ich fragen darf?"

„Ach weißt du, ich hab' auf der Romreise ein Mädchen kennengelernt, nichts Ernstes, aber ganz nett. Und jetzt schickt sie mir eine Karte und ein Foto, das sie von mir auf dem Forum Romanum gemacht hat. Da muss ich mich ja wohl bedanken, auch wenn ich nur so ungefähr weiß, was sie geschrieben hat."

„Wie habt ihr euch denn in Italien verständigt?"

„Mit Händen und Füßen, und wenn's schwierig wurde, ist Bernds Freundin eingesprungen. So, und nun mach dich an die Arbeit; es sind ja nur drei Zeilen. Für irgendwas musst du dich hier schließlich nützlich machen. Nicht umsonst hat man dir so ein großes Büro gegeben." Georg lachte unverschämt, denn das Zimmer, das man mir für die Semesterferien zugewiesen hatte, war sicher das kleinste im ganzen Gebäude.

„Warte", rief ich hinter ihm her. „Ich muss erst mal sehen, was auf dem Zettel steht." Ich las: *Liebe Giulia, danke für das Foto, auch wenn ich darauf nicht besonders gut getroffen bin. Ich fand es auch nett, dich kennengelernt zu haben. Gruß Georg.*

„Das sieht dir ähnlich; bloß kein freundliches Wort zu viel. Aber es ist nicht meine Angelegenheit."

Also übersetzte ich den Text und brachte ihn ins gegenüberliegende Büro. Nach einem kurzen Blick auf das Papier winkte Georg ab. „Das abzuschreiben ist viel zu kompliziert. Tu mir einen Gefallen und schreib du den Brief für mich. Sie kennt doch meine Handschrift gar nicht." Ich wollte widersprechen, aber Georg grinste nur und sagte: „Du weißt, Aushilfsstudenten sind für alles einsetzbar" und vertiefte sich in seine Akten.

Obwohl er mir den Job besorgt hatte, und ich ihm eigentlich dankbar sein musste, ging er mir gewaltig auf die Nerven. Ich setzte mich an meinen Schreibtisch, schaute aus dem Fenster und stellte mir Giulia vor. Schmales Gesicht, dunkle Augen, kleine Nase, lange, braune

Haare. Solch ein Mädchen durfte man nicht mit Georgs profanen Zeilen beleidigen. Ohne lange zu überlegen, änderte ich den Text, schrieb über die schöne Reise, das schlechte Wetter in Deutschland und dass er gern nach Italien zurückkehren würde.

„Der Text ist viel länger als meiner", sagte Georg stirnrunzelnd.

„Weil ich ein paar Höflichkeitsfloskeln eingefügt habe", behauptete ich, „also unterschreib."

„Das fällt auf. Also unterschreib du."

14 Tage später kam Georg mit einem fliederfarbenen Briefbogen in mein Büro.

„Rogalla, hast du in deinem Antwortbrief vielleicht irgendeine Frage gestellt? Oder warum schreibt sie mir jetzt zwei lange Seiten?" Ich überflog neugierig den Inhalt und konnte mir ein Lächeln nicht verkneifen.

„Sie hat sich gefreut, dass du so freundlich geantwortet hast und fragt sich, woher du plötzlich so gut Italienisch sprichst. Sie erzählt von ihrer Arbeit, dass sie einen neuen Job angenommen hat, dass sie die Spätsommertage liebt und sich am Wochenende mit einem Buch in den Park setzt."

„Oh je, wie romantisch. Du erwartest nicht, dass ich jetzt noch einmal antworte."

„Und ob. Was soll sie sonst von den Deutschen denken? Barbaren. Nicht in der Lage, auf ein paar harmlose Sätze einzugehen."

„Aber ich will nichts von ihr. Wenn dir das Deutschlandbild so wichtig ist, dann schreib du ihr und erzähl, was du willst. Da kannst du schon mal üben für deine Schriftstellerkarriere. Hier hast du den Brief."

Langsam las ich Satz für Satz, Wort für Wort. Wie offen und einfach sie schrieb, und doch lag ein Hauch von Poesie in den Zeilen. Den Brief konnte man nicht unbeantwortet lassen. Ich erzählte ihr, dass Georg an einem Crash-Kurs in Italienisch teilgenommen habe, weil er die Sprache so liebe, berichtete von seinem Alltag im Büro und dass er am Wochenende am Rhein spazieren ginge, um seinen Gedanken nachzuhängen. Der echte Georg würde zwar nie am Rhein entlang gehen, aber das spielte keine Rolle. Mutig schrieb ich: *Ich freue mich auf deine Antwort. Georg.*

Ich ertappte mich dabei, dass ich nach einer Woche ungeduldig auf Post wartete, bis Georg mir schließlich einen ungeöffneten Brief auf den Schreibtisch warf und mich ziemlich unfreundlich anfuhr: „Ich will gar nicht erst wissen, was sie schreibt. Ich dachte, die Sache sei beendet. Und versuche nicht, mich umzustimmen. Das Ganze geht mich nichts mehr an."

Giulia schrieb, sie lese im Park gerade ein Buch von Italo Calvino, ob Georg den vielleicht kenne. Das Laub färbe sich allmählich gelb, aber die Sonne sei noch warm genug, um draußen zu sitzen. Im Herbst würde sie immer traurig. Sie sehne sich nach etwas, aber wisse nicht, wonach.

Erst kürzlich hatte ich einen Roman von Italo Calvino gelesen; das musste ich ihr gleich mitteilen. Und dann fügte ich hinzu, dass Georg ein Bewunderer von Shakespeare sei, und dass er jetzt *Romeo e Giulietta* noch einmal lesen werde, weil ihm der Name Giulia so gut gefalle. Es fiel mir schwer, wieder mit Georg zu unterschreiben, aber da ließ sich nun mal nichts ändern.

Georg legte mir die folgenden Briefe wortlos auf den Schreibtisch. Obwohl ich darauf brannte, ihren Inhalt kennenzulernen, öffnete ich sie erst, wenn er das Zimmer achselzuckend verlassen hatte. Begierig las ich Zeile für Zeile und antwortete noch am selben Tag.

Bis eines Morgens eine unerwartete Ankündigung mein sorgsam aufgebautes Kartenhaus einstürzen zu lassen drohte.

Giulia begleitete ihren Chef nach Hamburg und hatte auf der Rückreise in Köln zwei Stunden Zeit, in der sie Georg gern treffen würde. Ich hielt mich am Schreibtisch fest, weil sich mir im Kopf alles drehte. Das schöne Spiel, das ich so gern weiter gespielt hätte, es war aus. Giulia kannte Georg, und ich konnte nicht an seiner Stelle an den Zug gehen. In kürzester Zeit würde sich herausstellen, dass Georg keine Ahnung vom Inhalt der Briefe hatte, vor allem dass alles, was ich über ihn geschrieben hatte, geschwindelt war.

Ich grübelte und grübelte, ob es nicht irgendwo einen Ausweg gab. Dann kam mir der rettende Gedanke: Georg wusste bisher nichts von Giulias Besuch. Da konnte ich Giulia doch einfach schreiben, dass er dringende Termine habe und sein Freund sie deswegen vom Zug abholen und in ein Lokal bringen würde. Er, Georg, käme so schnell wie möglich dorthin. Natürlich durfte Georg niemals auftauchen. Dann würde der Schwindel nicht aufgedeckt, und noch dazu hätte ich Giulia zwei Stunden für mich allein.

Ich wischte meine feuchten Hände an der Jacke ab, als der Zug in den Bahnhof einlief. Was hatte ich mir da eingebrockt? Das konnte doch nur schief gehen. Aber jetzt war es für eine Umkehr zu spät. Die Zugtüren öffneten sich, und ich fragte mich bei jedem dunkelhaarigen Mädchen, das ausstieg, ob es vielleicht Giulia sei. Gefiel mir das Gesicht nicht, betete ich, sie möge es nicht sein. Dann entdeckte ich sie. Ich wusste auch ohne ihr Erkennungszeichen, ein Band von Italo Calvino, dass sie es war. „Giulia", rief ich halblaut. Als sie auf mich zukam, hatte ich das Gefühl, sie schon lange zu kennen.

„Wann kommt Georg?", fragte sie, als wir uns im Lokal einen Platz mit Blick auf den Rhein ausgesucht hatten.

„Es kann nicht lange dauern", log ich und bewunderte die schmalen Augenbrauen, die sich fragend nach oben geschoben hatten. Am liebsten hätte ich mein Gegenüber nur angeschaut. Ich zeigte auf das Buch, das sie auf den Tisch gelegt hatte, *Se una notte d'inverno un viaggiatore* und sagte begeistert: „Ich habe den Roman auf deutsch gelesen, *Wenn ein Reisender in einer Winternacht*. Er hat meine Gedanken auf eine weite Reise geschickt." Giulia blickte mich erstaunt an. „Ihr scheint wirklich gute Freunde zu sein. Calvino ist auch einer von Georgs Lieblingsautoren. Und ihr habt noch etwas gemeinsam. Du sprichst gut Italienisch. Hat Georg bei dir Unterricht genommen?"

Ich lenkte das Gespräch auf weniger gefährliche Themen, bis Giulia nach einer Stunde nervös auf die Uhr schaute. „Ich hoffe, er kommt bald. Ich muss ihm nämlich etwas Wichtiges sagen. Ich habe die Reise unterbrochen, weil ich es ihm nur persönlich und nicht per Brief erklären kann."

Mein Herz sank so tief, dass ich mich an der Tischkante festhalten musste. Sie hatte einen anderen. Das war's, was sie Georg mitteilen wollte. Was sonst konnte einem nach solchen Briefen, die an mein Innerstes gerührt hatten, nur persönlich mitgeteilt werden? Auch wenn es weh tun würde, ich wollte es von ihr selbst hören.

„Ich weiß nicht, ob Georg es noch schafft", sagte ich und zeigte auf die Uhr an der Wand. Giulia schwieg. Nach einem, wie mir schien, hoffnungslosen Blick auf den Rhein schien sie sich einen Ruck zu geben. „Vielleicht sollte ich es dir nicht erzählen. Du musst wissen, ich bin nicht Giulia, ich bin Antonia, ihre Schwester." Ich muss sie verständnislos angesehen haben, denn sie fuhr gleich fort: „Giulia hatte keine Lust, auf Georgs Dankespost zu antworten, aber mir gefiel der Brief so gut, dass ich schließlich mit gefälschter Unterschrift zurückschrieb. Daraus hat sich ein …, nun, sagen wir reger Briefwechsel entwickelt, bis ich mich schließlich in diesen unbekannten Georg …" Sie senkte den Kopf und schaute verlegen auf ihr Buch.

„Aber jetzt muss ich zum Zug, sonst verpasse ich ihn."

„Ich bin sicher, du wirst ihn verpassen", sagte ich.

Das Herz Jesu

„Wir nähern uns einer der schönsten Kirchen Ecuadors, einem Juwel der Barockkunst, *La Compañía de Jesus.* Dieses Bauwerk zählt zu den künstlerisch bedeutendsten Zeugnissen der Kolonialzeit." Auf dem Bildschirm erscheint eine Steinfassade mit kunstvoll gedrehten Säulen, mit üppigem Blattwerk und Sternen geschmückten Friesen, mit Engels- und Heiligenfiguren, die das verwitterte Holzportal umgeben. Zwei Bettlerinnen, die auf beiden Seiten des Eingangs sitzend ihre bittende Hand dem Fernsehzuschauer entgegenstrecken, heben sich in ihrer grellbunten Indiotracht wie wohldosierte Farbflecken von der weißen Steinfassade ab.

„Brigitte, komm endlich, dein Film hat schon angefangen", rufe ich und rücke auf dem Sofa etwas zur Seite, damit meine Frau sich neben mich setzen kann. Schließlich haben wir gemeinsam die Reise in dieses Land gemacht, weil Brigitte an Stelle einer erkrankten Freundin einen „Traumjob" angeboten bekam: Hilfskraft in einem Fernsehteam, das Aufnahmen in Ecuador machte. Als Studentin hatte sie als Aushilfe bei Dreharbeiten immer wieder mal Geld verdient, kannte sich also aus in dem Metier. Als sie Lehrerin wurde, musste sie diese Tätigkeit natürlich aufgeben, was ihr nicht schwerfiel, da ihr Lehrergehalt auch ohne Nebenverdienst für Lebensunterhalt und Reisen reichte. Bis sie, ja, bis sie mich heiratete, einen Schriftsteller, dessen Werke niemand anerkennen, geschweige denn verlegen will.

„Wenn ich den Job annehme, Rogalla, haben wir genügend Geld für uns beide, und du könntest mitkommen nach Ecuador. Ich darf nur in der Schule nicht laut verkünden, was ich da in den Ferien mache. Erholen werde ich mich wahrscheinlich nicht." Ich stimmte ihrem Vorschlag ohne große Skrupel zu.

Heute zeigt das Fernsehen endlich den lang erwarteten Film. Dreißig Minuten sind von den tagelangen Dreharbeiten übrig geblieben. Brigitte zieht die Beine auf das Sofa und lehnt sich an mich.

Das Portal der Kirche öffnet sich knarrend. „Bevor wir das Innere betreten, sollten Sie einmal kurz die Augen schließen. Die Überraschung wird umso größer sein." Der Reporter senkt seine Stimme und verstummt ehrfurchtsvoll, als sich nach dem Dunkel der Vorhalle plötzlich ein lichtdurchfluteter goldener Innenraum auftut, der mir auch jetzt, fast ein Jahr nach unserer Reise, mit seinem Reichtum und seiner Pracht den Atem nimmt: Gold auf den Säulen, Gold an den hohen Wänden bis hinauf zu den Fenstern, Gold sogar in der Kuppel. Die Orgel braust auf und betört die Sinne, so dass ich die Weihrauchschwaden im Scheinwerferlicht zu riechen glaube.

Brigitte holt tief Luft. „Unmäßig", sagt sie, „aber perfekt gemacht."

Während der Berichterstatter in getragenem Tonfall die kunstgeschichtlich relevanten Informationen vermittelt, begleitet die Kamera eine Besucherin, die selbstvergessen, wie geblendet von dieser Zurschaustellung christlicher Macht und Herrlichkeit, auf den Altarraum zuschreitet. Bei dem überlebensgroßen Christus, der siegessicher von hoch oberhalb des Altars in den Kirchenraum schaut, bleiben ihre Blicke hängen.

„Brigitte, da bist du. Wie du schreitest!", sage ich bewundernd, obwohl sie nichts anderes tut als gemessen nach vorn zu gehen. Brigitte schaut kritisch auf den Bildschirm.

„Wenn ich daran denke, wie oft sie mich vor- und zurückgescheucht haben, bis sie die kurze Szene im Kasten hatten. Ich weiß nicht, ob ich das Angebot noch einmal annehmen würde. Gott sei Dank war die Statistenrolle nur eine Ausnahme."

„Was für eine Christusfigur! Betrachten Sie die Harmonie im Zusammenspiel der Gesichtslinien und die vollkommene Darstellung des Körpers", ruft der Reporter aus. Dann unterbricht er sich, um nach einer wohldosierten Pause fortzufahren: „Neben solch überragenden Werken finden wir in dieser Kirche auch eine Reihe von volkstümlichen Bildern und Figuren, die vor allem von der einfachen Bevölkerung verehrt werden." Das Licht fällt auf eine Seitenkapelle, in der auf einem Sockel ein blutüberströmter Christus schmerzverzerrt am Kreuze hängt. Nur an den Füßen ist glänzendes

Holz sichtbar, da die Gläubigen jahrhundertelang die Wundmale berührt und die Farbe des Blutes abgegriffen haben.

„Wenn Sie dieses Kreuz genauer betrachten, werden Sie ein Kuriosum feststellen. Schauen Sie auf die linke Seite des Korpus. Die Brust ist geöffnet, und Sie sehen, wie das Herz Jesu schlägt." In der Tat pocht ein kleines rotes Herz, wie von einer unsichtbaren Macht lebendig gehalten, in der offenen Wunde. „Um die Indios zu beeindrucken und leichter zu ihrem Glauben bekehren zu können, erfanden die Spanier einen Mechanismus, der dieses Herz durch einen unauffälligen Stoß gegen den Sockel in Bewegung setzte und so den Herzschlag Jesu vortäuschte."

Brigitte stöhnt auf. „Nein, das kann ich mir nicht ansehen. Das hätten sie nicht filmen dürfen." Sie springt auf, stellt den Fernseher aus und verlässt das Wohnzimmer. Ich bleibe regungslos sitzen, denn das wahre Geschehen dieses Tages spult sich nun in meinem Kopf ab wie eine Fortsetzung des Films. Die Bilder stellen sich von selbst ein, ungefiltert, erschreckend, unvergesslich.

Nach einem Spaziergang durch die Umgebung gehe ich zur Kirche, in der die Filmaufnahmen stattfinden. Auf den Stufen liegt bewegungslos einer dieser gelben Hunde, die hier überall zuhause sind aber niemandem gehören. „Schläft er, oder ist er tot?", frage ich mich. Als ich näherkomme, lassen die Schmeißfliegen für einen Moment von ihrem Festmahl ab. Neben der Eingangstür sitzen drei Bettlerinnen, die mitleidheischend ihre Hand ausstrecken.

Als ich mich in einer der hinteren Bankreihen niedergelassen habe, um nicht erdrückt zu werden von all dem Glanz, der mich umgibt, entdecke ich das Fernsehteam, das im Altarraum zum wiederholten Mal meine Frau filmt. „Noch einmal; denk daran, du bist nur eine Touristin", ruft der Aufnahmeleiter ihr ungeduldig zu, „sieh nicht ganz so ekstatisch nach oben. Du bist nicht die heilige Teresia von Avila." „Wer immer das ist", mault Brigitte, schreitet trotzdem gehorsam wieder auf den Altar zu, den Blick bewundernd nach oben gerichtet. „So, das reicht hier; wir machen weiter bei dem Kreuz in der Seitenkapelle", schnarrt die Stimme des Aufnahmeleiters.

Während Kamera, Scheinwerfer und Kabelrollen in das Seitenschiff geschoben werden, nähere ich mich ebenfalls dem Schauplatz, obwohl wir vereinbart haben, dass ich mich von der Filmgruppe fernhalte, solange Brigitte gebraucht wird. Eine Gruppe Indios steht regungslos vor dem geschundenen Körper des Gekreuzigten und schaut staunend auf das Loch in der Brust, das den Blick auf ein freischwebendes, ruhendes Herz freigibt. Als sich eine ältere Frau aus der Gruppe löst und die Hände auf die Wundmale legt, taucht plötzlich ein Scheinwerfer die Szene in grelles Licht. „Ich brauche jemanden, der das Herz in Bewegung setzt. Und dann stellt mir die Indios möglichst nah davor."

Sobald die Kamera die richtige Einstellung gefunden hat, nähert sich ein Mestize dem Kreuz und tritt mit dem Absatz heftig gegen den Sockel. Im gleichen Moment beginnt das Herz zu schlagen. Entsetzt weichen die Indios zurück, während sich in ihren Gesichtern die Ungeheuerlichkeit des Geschehens spiegelt. Feindseligkeit glimmt in ihren Augen auf. Als der Mestize sie auffordert, näher an das Kreuz heranzukommen, stoßen sie ihn voller Zorn zurück.„No, no", ist alles, was sie drohend hervorbringen. Auch die Erklärung, dass das Ganze doch nur für einen Film sei, lässt sie keinen Schritt von der Stelle rücken. „Dann eben ohne Personen", ruft der Aufnahmeleiter und lässt den Mestizen ein zweites Mal gegen den Sockel treten. Die Indios starren ungläubig auf den Mann.

„Wir sollten uns erst mal das Portal vornehmen. Die Sonne steht gerade richtig", unterbricht ein von draußen kommender Mitarbeiter die Aufnahmen. „Hier können wir später weitermachen." Sofort zieht der ganze Tross vor das Portal, wirft den toten Hund von den Stufen in den Rinnstein, entfernt eine der Bettlerinnen und setzt die anderen beiden rechts und links des Eingangs, wo sie die dürren Arme der Kamera entgegenstrecken müssen.

Ich fliehe zurück in die Kirche und gehe langsam durch das Mittelschiff in den Seitengang. Ich weiß nicht, warum es mich zu dem gepeinigten Jesus zieht. Ist es die Versuchung, das Herz auch selbst einmal durch einen leichten Stoß gegen den Sockel in Bewegung zu setzen? Oder ist es etwas anderes? Die Indios sind gegangen, so dass der Blick frei ist auf die offene Wunde in der Brust des Gekreuzigten. Ich trete näher. Ein kurzer Moment des Erschreckens, dann das unerklärliche Gefühl, dass eine Vorahnung sich bewahrheitet hat. Das Herz fehlt.

Der Liebhaber, der seinen Text nicht kannte

Als ich an einem regnerischen Nachmittag im November 1975 uner-
wartet nach Hause kam, lag meine Frau mit einem anderen Mann im
Bett. Seit Jahren verfolgte mich dieser Satz aus Juan Marsés Roman
Der zweisprachige Liebhaber. Es war einfach der beste Romanan-
fang, der mir je begegnet war. Genial. Wirklich genial. Warum fiel
mir etwas derart Geistreiches nicht ein? Ich hatte immer wieder mal
mit dem Gedanken gespielt, den Satz ein wenig abgeändert als Einstieg für eine meiner Kurzgeschichten zu verwenden – wer kannte
hier in Deutschland schon Juan Marsé? –, aber dann erschien es mir
doch zu riskant. Irgendjemand würde merken, dass dieser grandiose
Einstieg abgekupfert war, da war ich mir sicher, und dann würde
man mich des Plagiats beschuldigen.

Auch die ersten Seiten des Romans waren so beeindruckend, die
Reaktionen des betrogenen Ehemannes so bewunderungswürdig,
dass ich mir den Text immer wieder aufsagte, um ihn eines Tages
vielleicht doch in abgewandelter Form in einem meiner Manuskripte
unterzubringen. Aber ich weiß, ich würde mich nicht trauen, denn ich
bin, ich muss es gestehen, ziemlich ängstlich. Ich bin außerdem überzeugt, dass Begebenheiten, die man sich lange genug vorgestellt hat,
irgendwann wirklich passieren.

Wie sonst soll ich mir erklären, dass ich an einem regnerischen
Nachmittag unerwartet nach Hause kam und meine Frau mit einem
anderen Mann im Bett vorfand? Dass es erst Oktober und nicht
schon wie im Roman November war, spielt dabei sicher keine Rolle.
Ich öffnete die Schlafzimmertür, erblickte das zerwühlte Laken und
auf den Kissen zwei Köpfe, von denen einer eindeutig nicht in dieses
Zimmer gehörte. Meine Frau sprang bei meinem Anblick mit einem
Schrei auf, rannte ins Badezimmer und schloss hinter sich ab, genau
wie bei Marsé. Ich glaubte, einen längst bekannten Film zu sehen.

Der Mann passte allerdings nicht so ganz in die Szene. Bei Marsé
ist der Liebhaber ein Schuhputzer, der sich im kritischen Moment
aufrichtet, unterm Bett nach den Schuhen des Ehemannes greift und
sie zu putzen beginnt. Und zumindest obenherum ist er bekleidet mit
einer verschlissenen Schuhputzerweste. Aber dieser hier? Er blieb

einfach liegen und starrte mich nur entsetzt an. Ein Schuhputzer hätte mich wahrscheinlich nicht so umgeworfen, aber wer rechnet denn mit dem Direktor meiner Frau, dazu ganz nackt. Nicht einmal ein T-Shirt obenherum. Das Laken hatte meine Frau an sich gerissen, als sie ins Bad rannte. Ich wollte schon wie im Roman fragen: „Was machen Sie denn da mit meinen Schuhen?", aber das hätte in diesem Fall wohl wenig Sinn ergeben.

Der Mann machte keinerlei Anstalten sich zu bewegen. Der Zorn in mir wuchs, Zorn über den stummen Eindringling und Zorn über mich selbst, weil ich nicht wusste, wie ich mich in dieser halb bekannten, halb unbekannten Situation verhalten sollte.

„Das ist unerhört, hören Sie, das ist der Gipfel", brach es schließlich aus mir heraus.

„Ja, das ist es…"

Hatte ich richtig gehört? Das hatte der Liebhaber im Roman auch geantwortet. Ich fühlte mich sofort sicherer und wusste, was ich zu sagen hatte. Schließlich war ich in dem Text zuhause. „Das ist absurd, idiotisch."

Schweigen auf seiner Seite.

Auch das stimmte mit Marsé überein und ermutigte mich zu der Frage: „Und was jetzt?"

Im Roman entschuldigt sich daraufhin der Schuhputzer: „Hab mich ein bisschen gelangweilt und mir gesagt: Wollen wir uns ein bisschen die Zeit mit Schuhputzen vertreiben … " Das konnte der Mann da in meinem Bett unmöglich sagen, nicht weil in Deutschland keine Schuhputzer ins Haus kommen. Nein, es wäre eine zu grobe Beleidigung, wenn dieser Eindringling behaupten würde, er habe sich nur aus Langeweile bei meiner Frau eingefunden. Das hatte sie nun wirklich nicht verdient. Schließlich bestritt sie mit ihrem Lehrerinnengehalt unseren ganzen Haushalt und wartete geduldig darauf, dass ich endlich etwas veröffentlichte. Ich gab mir alle Mühe, aber die Verlage wiesen mich immer wieder mit der Begründung ab, meine Manuskripte seien doch etwas weit von der Realität entfernt.

Der Mann griff jetzt nach einem Kopfkissen und bedeckte seine Blöße. Dann flüsterte er kaum wahrnehmbar: „Ich gehe dann wohl besser." Wie bitte? Der Herr Direktor kam sich wohl sehr schlau vor.

Er überschlug einfach ein ganzes Stück Text und glaubte, so einfach davonzukommen. Das konnte ich ihm nicht durchgehen lassen. Und dass er mein Kopfkissen auf seinen nackten Bauch drückte, besänftigte mich auch nicht unbedingt.

Ich beschloss, ihn schmoren zu lassen und ihn, wie der Romantext es vorsah, zu verhören. „Ist es das erste Mal, dass Sie hierher kommen?"

„Ja, natürlich."

Wieso *ja, natürlich*? Das stimmte doch nicht. Vielleicht war er etwas durcheinander, der Herr Direktor, und wusste nicht mehr so genau, was er sagte. Mir tat er fast ein bisschen leid, wie er da so lag mit dem spärlichen Haarwuchs auf der Brust und den dünnen Armen, die das Kopfkissen krampfhaft auf seine erschlaffte Männlichkeit drückten. Wenn die Schüler ihn so sähen … Ich musste ihm noch eine Chance geben und wiederholte deshalb etwas schärfer: „Ist es das erste Mal, dass Sie hierher kommen?"

Der Direktor sah mich zweifelnd an, als verstünde er mich nicht richtig oder müsse überlegen, was er sagen sollte. Dabei war die Antwort doch so einfach. Aber störrisch beharrte er auf seinem *Ja* und fügte auch noch hinzu: „Glauben Sie mir, ich war wirklich noch nicht hier." Da überkam mich erneut der heilige Zorn, der sich gerade etwas gelegt hatte, und ich schrie: „Ist es das erste Mal, dass Sie hierher kommen?" Die Hände des Mannes umklammerten mein Kissen, seine Augen waren schreckgeweitet, sein Mund stand offen. „Ja, wirklich", hauchte er kaum verständlich. Ich entriss ihm das Kissen und warf es in die Ecke des Schlafzimmers. Konnte der Dummkopf denn nicht antworten „Nein, ich putze öfters hier die Schuhe."?

Walsers Hut, oder wie man Sorgenonkel wird

So ging es nicht mehr weiter. Nach der Geschichte mit dem Direktor fuhr meine Frau nur noch ungern zur Schule. Bevor sie morgens ins Auto stieg, sagte sie jedes Mal zu mir: „Ich werde das unangenehme Gefühl nicht los, dass sie mir heute kündigen. Nach dem, was du angerichtet hast, kein Wunder." Eigentlich fand ich es sehr ungerecht von meiner Frau, mir die Schuld in die Schuhe zu schieben, schließlich war doch nicht ich mit dem Direktor in unserem Bett erwischt worden, sondern sie, und ich hatte den Mann mit dem Leben davonkommen lassen, obwohl er es anders verdient hatte.

Trotzdem musste ich die Ängste meiner Frau ernst nehmen, denn sie war nicht Beamtin auf Lebenszeit, die sich so Manches hätte erlauben können. Eine arbeitslose Ehefrau, nicht auszudenken. Wer würde mich über Wasser halten? Meine Frau glaubte an mich und mein schriftstellerisches Talent ebenso fest, wie ich selbst an mich glaubte. Aber was nützte das, wenn niemand anders dieses Talent erkannte? Es musste etwas geschehen. Ich musste selbst Geld ins Haus bringen, egal wie. Nein, ganz egal doch nicht. Meine Begabung wollte ich schon ins Spiel bringen. Nur wie?

Die Erleuchtung kam mir beim Friseur. Olga ließ mich zwanzig Minuten warten, sodass ich Zeit hatte, einige der abgegriffenen Zeitschriften, die auf einem Tischchen gestapelt lagen, genauer zu studieren. *Ihnen fallen die Haare aus? Fragen Sie Doktor Lenz,* las ich in einem Blatt, *Was Sie schon immer über die Liebe im Alter wissen wollten* in einem anderen. *Wie überwinde ich meine Scham? Felix Mertens weiß Rat* oder ganz schlicht *Ein Problem? Birthe hilft.*

Ich war fasziniert. So viele Menschen suchten Rat, und es gab in jeder Zeitschrift jemand, der ihnen hilfreich zur Seite stand. Die Antworten waren allerdings so banal, dass ich mir kaum vorstellen konnte, dass irgendjemand Nutzen aus ihnen zog. Noch dazu in einem solch unsäglichen Stil. Das konnte ich besser. Ich sollte nicht einer, sondern gleich mehreren dieser Zeitschriften meine Dienste anbieten. Das wäre die Lösung meines Problems. Ich käme zu Geld und könnte gleichzeitig der Leserschaft zu Lebensmut und etwas mehr literarischer Bildung verhelfen. Ich durfte mich natürlich nicht unter Wert verkaufen. Schließlich war ich nicht so ein Blättchenschreiber, der wahrscheinlich noch nie etwas von Metapher oder Alliteration gehört hatte.

Meine Stimmung hob sich. Meine Frau würde sich freuen, wenn ich ihr bei ihrem nächsten Anfall von Kündigungsangst ganz einfach sagen konnte: „Mach dir keine Sorgen, amore mio" — dies wäre endlich wieder einer der besonderen Momente, in denen ich sie so nenne —, also „amore mio", würde ich sagen, „ab jetzt verdiene i c h das Geld." Ich stellte mir ihr ungläubiges Gesicht vor und lächelte zufrieden angesichts dieser positiven Entwicklung der Dinge. Schnell drehte ich meinen Stuhl ein wenig zur Wand, suchte in den Zeitschriften die Seiten mit den Redaktionsadressen und riss sie, ohne dass Olga es merkte, so leise wie möglich heraus. Der erste Schritt war getan. Jetzt hieß es wohlüberlegt weiter vorgehen.

Außer dem Namen des Ratgebers gab es fast immer auch ein Foto, das wahrscheinlich eine Art Vertrauensband zwischen Leser und Schreiber herstellen sollte. Doktor Lenz schien beispielsweise ein Passfoto eingereicht zu haben, von dem er mir ernst und allwissend in die Augen schaute. Felix Mertens hingegen neigte den Kopf zur Seite und zeigte seine prachtvollen weißen Zähne. Über die Möglichkeiten der Liebe im Alter schrieb eine 72jährige, vorsichtshalber ohne Foto, aber immerhin erwähnte sie mutig ihr Geburtsjahr. Nur Birthe fiel völlig aus dem Rahmen. Eher zu dick als angenehm rundlich bot sie selbstbewusst ihre Reize in einem Sommerkleid mit gewagtem Ausschnitt dar. Die Cleopatrafrisur verlieh ihr einen exotischen Anstrich, wirkte aber wie eine Perücke, die keinem Windstoß standhalten würde. Zu allem Überfluss hatte sie den Zeigefinger unter das Kinn gelegt und schaute sinnend in die Ferne. Was das bedeuten sollte, erschloss sich mir auch nach intensivem Nachdenken nicht. Das war allerdings auch nicht nötig, denn die Leser würden sowieso nicht auf das Gesicht schauen, sondern sich lieber erst einmal mit dem Inhalt des Sommerkleides beschäftigen, bevor sie bei Birthe Hilfe suchten. Ein raffinierter Schachzug, um die Leser zu fesseln.

Bevor ich mich bewarb, musste also erst einmal ein Foto von mir erstellt werden. *Erstellt* war das richtige Wort; es beinhaltete etwas Durchdachtes, Kreatives. Ich würde dem Fotografen genau darlegen, wie ich mir die Wirkung auf den Leser vorstellte. Auf jeden Fall musste das Foto schwarz-weiß sein. Das war altmodisch und gleichzeitig unangepasst. Es machte neugierig auf den Autor, der sich damit von der bunten Umgebung abhob.

Das nächste Problem war die Frisur. Ob Olga in diesem Fall die Richtige fürs Haareschneiden war? Dreizehn Euro plus zwei Euro Trinkgeld gab mir meine Frau jedes Mal für den Friseurbesuch mit; damit waren Olga und ich stets zufrieden, aber für eine Künstlerfrisur würden weder Olga noch fünfzehn Euro reichen. Vielleicht sollte ich mir die Haare gar nicht schneiden lassen, sondern nur mit Gel einen unkonventionellen, leicht wilden Haarwuchs vortäuschen.

Als Olga sich umdrehte und mich mit ihrem russischen Akzent aufforderte: „Kommen Sie, Herr Rrogalla, Sie sind drran“, war mir klar, dass ich mich unter einem Vorwand zu verabschieden hatte. Ein plötzlicher Einfall hatte die Lösung des Problems gebracht: Ich würde auf dem Foto einen Hut tragen, unter dem ein paar Strähnen mutig hervorlugten. Einen Hut wie Martin Walser, mit breiter Krempe.

„Entschuldigen Sie, Olga, entschuldigen Sie vielmals, ich kann nicht bleiben. Mein Hut …“

„Welcher Hut, Herr Rrogalla?“

Olga konnte nun wirklich nicht wissen, worum es sich handelte. „Herr Rrogalla!“, wiederholte sie verständnislos. Ich gebe zu, dass mich mein Name und ihr gerolltes R bisher nie gestört hatten, aber heute war alles anders. Mit so einem Namen konnte man keine Ratgeberkarriere starten. Da musste ein Pseudonym her, eins das aufhorchen ließ, eins das zu dem Hut mit der breiten Krempe passte. Ich gab Olga ihre zwei Euro Trinkgeld, damit sie nicht weiter nachfragte, und machte mich auf den Weg in den Park. Hier konnte man ungestört laut vor sich hinreden, weil um diese Zeit ohnehin nur ältere Damen oder Herren unterwegs waren, schwerhörig oder mit sich selbst und ihren Hunden beschäftigt.

So sagte ich mir einen Vornamen nach dem anderen auf, prüfte ihn auf seinen Klang und stellte mir das Schriftbild vor. Caspar, Melchior, Balthasar, wunderbare Lautfolgen, die dem Ohr schmeichelten und die Phantasie anregten; Gabriel, Rafael, Michael; hier spiegelte sich die Kraft der Erzengel, und diese würde dem Autor ein hohes

Maß an Autorität verleihen. Nur, wer kannte schon einen Erzengel?

Rainer Maria Rilke kam mir in den Sinn. Es war der klangvollste Dichtername, den ich je gehört hatte. Ich sagte ihn leise vor mich hin und tauschte spaßeshalber Rilke gegen Rogalla aus. „Rainer Maria Rogalla", murmelte ich. Welch ein Wohlklang, diese Häufung des a, meines Lieblingsvokals. Die vielen r störten mich plötzlich auch nicht mehr. Ganz im Gegenteil. Ich entschied mich, meinen Nachnamen beizubehalten und als Rainer Maria Rogalla die Fragen der Leser zu beantworten. Dass ich den erstrebten Job bekommen würde, war für mich von diesem Moment an sonnenklar.

Warum alle vier angeschriebenen Zeitschriften mir dann eine Absage erteilten, blieb für mich unverständlich. Mein Foto war tadellos; der Hut stammte von meinem Schwiegervater, etwas verbeult zwar, aber er gab meinem Gesicht einen vertrauenswürdigen Ausdruck, wie ich glaubte. „Du siehst eher aus wie ein Kriminalkommissar, der seine besten Zeiten hinter sich hat", spottete meine Frau.

Ich versuchte es mit einem neuen Foto von mir mit einem Haarschnitt vom Edelfriseur „Salvatore", vor allem aber mit einem ausführlichen Hinweis auf meine schriftstellerischen Fähigkeiten. Das schien noch abschreckender zu wirken. Wieder nur Absagen. Ich hatte schon alle Hoffnung aufgegeben, als ein Brief aus der Redaktion von „Tinas Welt" an Rainer Maria Rogalla ins Haus geflattert kam. Ich konnte mich ehrlich gestanden gar nicht erinnern, an diese Zeitschrift geschrieben zu haben, aber ich hatte so viele Bewerbungen losgeschickt, dass es ohne weiteres möglich war, dass auch „Tinas Welt" zu den Adressaten gehörte. „Brigitte. Es hat geklappt. Es hat geklappt", rief ich durch das Haus, als ich den Brief gelesen hatte. „Das freut mich für dich", antwortete meine Frau und korrigierte ihre Klassenarbeiten weiter. Einzelheiten wollte sie nicht wissen.

Probehalber sollte ich ein paar Leserfragen beantworten; dann würde man weitere Entscheidungen treffen, beschied man mich. Nichts leichter als das. Wenn die Leute in der Redaktion erst meinen Text gelesen hatten, würden sie einsehen, dass sie auf einen wie mich nur gewartet hatten. Die erste Frage kam von Jenny aus Düren: „Ich habe einen netten jungen Mann kennengelernt, mit dem ich mich bestens verstehe. Ich habe nur ein Problem. Da wir beide nicht gern kochen, gehen wir oft ins Restaurant, und dort erwartet Thilo jedes Mal, dass ich die Hälfte der Rechnung bezahle, obwohl ich nicht halb so viel esse wie er. Soll ich dies weiterhin stillschweigend akzeptieren oder auf einen gerechten Anteil bestehen?"

Die Antwort war nicht so einfach, wie ich geglaubt hatte. Sollte ich mich auf Jennys Seite stellen oder Sympathie für Thilo wecken, der vielleicht finanziell ebenso abhängig war wie ich? Darüber musste ich erst mal eine Nacht schlafen, besser noch zwei, denn es sollte auf keinen Fall einer von beiden bevorteilt werden. Das Dumme war nur, dass man schnellstmöglich eine Antwort von mir erwartete. Also setzte ich mich an den Rechner und schrieb an die Redaktion, dass das Problem der Leserin einer reiflichen Überlegung bedürfe und dass man mir deshalb einige Tage Aufschub gewähren möge. Schließlich stehe der Seelenfrieden zweier junger Menschen auf dem Spiel.

Ich formulierte gerade den letzten Satz, als meine Frau zum Abendessen rief. Das bedeutete, dass ich sofort alles liegen und stehen ließ und mich in die Küche begab. Die Mail an die Redaktion konnte ich später abschicken, aber meine Frau durfte ich nicht warten lassen. Da war sie unerbittlich.

Während des Essens unterhielten wir uns über Jenny und Thilo, stritten, wer von beiden im Recht sei, und tranken fast zwei Flaschen Rotwein, um zu einem Ergebnis zu kommen. Meine Frau wollte einfach nicht nachgeben, verteidigte Jenny, als ginge es um ihr Leben. Wenn sie wenigstens zugegeben hätte, dass meine Argumente für Thilo nicht ganz von der Hand zu weisen waren; aber nein, sie war nicht einsichtig und beharrte stur auf ihrem Standpunkt. Schließlich ging ich zornig ins Bett und überließ ihr das Aufräumen der Küche.

Als ich am nächsten Morgen — wieder nüchtern — den Rechner öffnete, um die Mail mit der Bitte um Aufschub an die Redaktion abzuschicken, stellte ich verwundert fest, dass der Brief nicht mehr da war. Hatte ich zu viel getrunken und alles gelöscht? Ein Blick in die Rubrik *gesendet* beruhigte mich wieder. Da stand, dass ich um 22.55 Uhr eine Mail an *Tinas Welt* geschickt hatte. Gott sei Dank. Ich hatte um Aufschub gebeten. So betrunken war ich dann doch nicht gewesen. Jetzt konnte ich mir Zeit lassen und in Ruhe die Antwort auf den

Leserbrief in Angriff nehmen. Ich ließ mir viel Zeit, denn die Leserin sollte merken, dass ich sie ernst nahm.

Wie überrascht war ich deshalb, als eines Morgens ein Brief der Redaktion im Briefkasten lag zusammen mit einem Exemplar von „Tinas Welt". *„Sehr geehrter Herr Rogalla"*, las ich, *„wir bedanken uns für die zügige Beantwortung der Leserfrage. Ihr prägnanter Stil und die knappe, aber zutreffende Begründung Ihrer Ansicht haben uns gefallen. Wir würden Sie deshalb gern mit weiteren Aufgaben auf diesem Gebiet betrauen ..."*

Zügige Beantwortung? Wie sollte ich das verstehen? Mit zitternden Fingern schlug ich die Zeitschrift auf. Seite 54: *Der Sorgenonkel antwortet.* Sorgenonkel? Allein das Wort ließ jeden Mann um zwanzig Jahre altern. Als Autor erschien unter dem Text: R. M. Rogalla. Wofür hatte ich mir den schönen Vornamen ausgesucht, wenn er nun hier so verkrüppelt wiedergegeben wurde? Kein Foto von mir, nur Jennys Frage und „meine" Antwort. *„Liebe Jenny"*, so vertraulich hätte ich sie nie angeredet, ich kannte sie doch gar nicht, *„Du schreibst nichts über die finanziellen Verhältnisse Deines Freundes. Sollte er besser oder gleich viel verdienen wie Du, sag ihm ehrlich, dass er Dich gern zwischendurch einmal einladen darf, aber bestehe nicht auf anteiliger Begleichung der Rechnung. Das ist kleinlich. Sollte er finanziell schlechter gestellt sein, so sieh erst recht über die ,ungerechte' Halbierung der Rechnung hinweg und erfreue Dich einfach seiner Gegenwart. Aufrechnen zerstört die Liebe."*

So einfach war das. Aber wer hatte den Text unter meinem Namen geschrieben? Sollte jemand aus der Redaktion die Antwort verfasst haben, da ich mir zu viel Zeit gelassen hatte? Sie würden sich nicht trauen, meinen Namen darunter zu setzen. Verwirrt legte ich die Zeitschrift zur Seite. „Ihr prägnanter Stil und die knappe Begründung ..." hatte die Redaktion geschrieben. Die Verlage warfen mir immer zu weites Ausholen vor, und meine Antwortentwürfe waren auch bereits zwei Seiten lang gewesen. Wer, da nicht ich, schrieb so knapp und so vernünftig? Vielleicht hatte ich an dem Abend, an dem ich beleidigt und betrunken ins Bett gegangen war, vorher noch einen Text verfasst, an den ich mich nicht erinnerte?

Ich setzte mich an den Rechner und kontrollierte noch einmal die

Rubrik *gesendet. D*ie einzige Mail an „Tinas Welt" war um 22.55 Uhr geschickt worden. Ich öffnete sie und traute meinen Augen nicht. Da stand nicht die Bitte um Fristverlängerung, sondern Wort für Wort der Text, den ich gerade in der Zeitschrift gelesen hatte. Meine Frau! Dieses Biest. Hatte in der Nacht meinen Text verschwinden lassen und einen eigenen eingesetzt. Wenn ich sie darauf hinwies, würde sie mir weismachen, ich habe viel zu viel Wein getrunken, um mich zu erinnern, was in der Nacht geschah. Mir fielen all ihre schlechten Eigenschaften ein, und natürlich dachte ich auch wieder an die Affäre mit ihrem Direktor, den ich in meinem Bett entdeckt hatte. Voller Zorn las ich den Text noch einmal. Als ich beim letzten Satz angekommen war, spürte ich plötzlich einen Kloß im Hals. „Sollte er finanziell schlechter gestellt sein, so sieh über die *ungerechte* Halbierung der Rechnung hinweg. Erfreue Dich einfach seiner Gegenwart. Aufrechnen zerstört die Liebe." Seit Jahren trug ich finanziell nichts zum Haushalt bei, ohne dass meine Frau es mir vorwarf. Und nun machte sie mir indirekt auch noch eine Liebeserklärung: sie erfreute sich meiner Gegenwart. Ich würde sofort in den Keller gehen und die Wäsche aufhängen, wie sie es mir am Morgen aufgetragen hatte. Und wenn sie aus der Schule zurückkam, würde kein Wort des Vorwurfs über meine Lippen kommen. Ich würde nur sagen: „Amore mio, wie schön, dass es dich gibt."

Rache

Noch eine Viertelstunde. Allmählich werde ich nervös. Es ist schließlich das erste Mal, dass ich das mache. „Was darf es sein, der Herr?", fragt der Kellner. „Etwas Beruhigendes", sage ich, „vielleicht einen Kräuterlikör."

Wenn sich nur nicht diese beiden Männer zu mir an den Tisch gesetzt hätten. Irgendwie fühle ich mich beobachtet. Sie hätten sich genau so gut woanders hinsetzen können, aber nein, sie wählten meinen Tisch, der zugegeben größer als die anderen ist. Nachdem der Jüngere ein Weizenbier bestellt hat, sagt er nichts mehr. Der andere kam kurz darauf in das Lokal und fragte nicht einmal, ob er sich zu uns setzen dürfe. Er scheint ebenso nervös zu sein wie ich, denn er sieht dauernd auf die Uhr. Drei Männer, weit genug voneinander entfernt, um nicht miteinander reden zu müssen, aber zu nah beieinander, um die Gegenwart der beiden anderen zu ignorieren.

Wenn es wenigstens etwas Aufregendes in diesem Lokal gäbe, das einen ablenken könnte. Das Mobiliar ist in die Jahre gekommen; die Bilder an der Wand können den Hobbymaler nicht verleugnen; die Gardinen sind seit dem Rauchverbot in Gaststätten nicht mehr gewaschen worden. Zumindest die ehemals weißen Häkelvorhänge, die ein paar kleine Fenster zum Nebenraum zieren, bedürfen dringend einer Spezialreinigung. Den Blick dafür hat Brigitte mir beigebracht.

Der Mann links von mir zeichnet halbnackte Frauen auf den Bierdeckel, während der andere an seinem Weinglas nur nippt und mit dem Zeigefinger auf die Tischplatte klopft, was meine Nervosität steigert. Zwischendurch beäugen wir uns gegenseitig, tun aber so, als glitten unsere Blicke nur zufällig zum anderen.

„Nimm den großen Tisch in der Ecke, und erzähle niemandem, warum du dort sitzt", hatte sie gesagt und mich vertrauensvoll geduzt.

Noch fünf Minuten. Noch ist es Zeit, nach Hause zu gehen. Da setzt sich ein bildhübsches Mädchen zu uns, das die Aufmerksamkeit aller drei Tischnachbarn sofort auf sich zieht. Warum kommt sie zu uns Männern, anstatt sich einen Tisch zu suchen, an dem sie allein ist? Sucht sie Kontakt? Der Jüngere dreht seinen bemalten Bierdeckel um und rutscht unauffällig näher an das Mädchen. Der Mann mit dem Weißwein fährt mit den Fingern durch seine schütteren Haare, nimmt einen großen Schluck aus seinem Glas und hält sich plötzlich übertrieben aufrecht.

Ich sitze am weitesten entfernt von ihr. Es hat keinen Sinn, sie auf mich aufmerksam zu machen, denn die beiden anderen sind eindeutig im Vorteil. Die junge Frau schürzt die Lippen, seufzt: „Puh, ist das warm hier", zieht die Jacke aus und reckt den Kopf in die Höhe, damit ihr großzügiges Dekolleté voll zur Geltung kommt. Ein klitzekleines Tattoo ziert den rechten Busen. Der Jüngere greift nach ihrer Jacke, fragt: „Soll ich sie aufhängen, oder möchten Sie sie in Ihrer Nähe behalten?" Die schlechteste Anmache, die ich je gehört habe. Der Mann mit dem Weißwein leckt mit spitzer Zunge den Wein von seinen Lippen, da der Schluck wohl zu groß war. Beide Männer lassen das Mädchen nicht aus den Augen. Ich bin sicher, sie denken das Gleiche wie ich: Verdammt gute Figur, nicht ganz Marylin-Monroe-Maße, aber viel fehlt nicht. Leider zu jung für mich. Den letzten Satz denke ich allein, wie es scheint, denn der Jüngere fragt direkt: „Möchten Sie etwas trinken? Darf ich Sie zu einem Glas Wein einladen?" „Nein, danke, sehr freundlich von Ihnen." Der Mann mit dem Weißwein wittert eine Chance, nimmt noch einmal einen kräftigen Schluck und rückt von der anderen Seite näher an die junge Frau heran. „Was macht denn so ein hübsches Mädchen allein hier in diesem Lokal?" „Ich warte auf jemanden", sagt das Mädchen und zieht die Arme eng an den Körper, um der Nähe des Mannes auszuweichen. Ihr Busen schiebt sich dabei noch höher in den Ausschnitt. Unmöglich, den Blick abzuwenden. Ich atme tief durch. Mit diesen Männern kann ich doch konkurrieren. Wenn ich mich mit ihr unterhalten könnte, würde sie schnell einsehen, dass ich meine Qualitäten habe.

Wieso habe ich mich hier verabredet, wenn auf dem freien Markt Frauen wie dieses Prachtexemplar herumlaufen? Brigitte ist an allem Schuld, denn sie hat mich herausgefordert. Musste sie unbedingt mit ihrem Direktor ein Techtelmechtel beginnen? Das ist zwar schon eine geraume Zeit her, aber zwischendurch kommen leider immer wieder Rachegedanken in mir hoch. „Was deine Frau kann, kannst du längst", sagte mein Freund Barto, verlässlicher Beistand in allen Lebenslagen. „Versuch es. Nur so bringst du dich wieder ins Gleichgewicht." Ich vergaß, dass Bartos Vorschläge nicht immer segensreich sind und stimmte zu.

Die Internethürde habe ich mit seiner Hilfe problemlos genommen, auch wenn ich bei meinem Profil etwas gemogelt habe: ein paar Jahre vom wirklichen Alter abgezogen, einen Weichzeichner für das Foto genommen, mein minimales Einkommen als Schriftsteller um eine Null am Ende vergrößert. In den folgenden Mails habe ich mich so niveauvoll wie möglich verkauft.

Ich schaue auf die Uhr. Sie müsste schon da sein. Und was passiert, wenn sie das Mädchen hier sieht? Als hätte die junge Frau meinen Blick auf die Uhr als einen Wink verstanden, erhebt sie sich und verabschiedet sich mit einem freundlichen Nicken. Wir starren hinter ihr her, wundern uns, dass sie nicht nach draußen, sondern in den Nebenraum geht, und versinken wieder in Schweigen, als die Tür hinter ihr zufällt. Aber es ist ein anderes Schweigen als vorher. Der Jüngere malt mit heftigen Strichen seinen halbnackten Frauen ein Tattoo auf die Brust. Der Mann mit den dünnen Haaren hat rote Flecken im Gesicht und kippt den restlichen Wein in sich hinein. Ich wünsche, ich wäre nicht hier, sondern säße gemütlich zuhause und könnte von der Schönheit der Jugend träumen.

Brigittes Direktor ist längst bei einer Referendarin gelandet. Habe ich es da nötig, mich wegen Brigittes Fehltritt zu rächen und den Weiberheld bei Frauen mittleren Alters zu spielen, obwohl das Ganze ein einziger Stress ist? In jeder Mail die Unbekannte glauben zu lassen, dass ich außerordentlich sei, großartig, niveauvoll, das ist eine Herausforderung, der ich mich auf die Dauer nicht gewachsen fühle. Und sollte mir wirklich einmal so ein junges hübsches Mädchen in den Schoß fallen, kann ich dem Wink des Schicksals immer noch folgen und mich für einige Zeit von meiner besten Seite zeigen.

Ich beschließe, nach Hause zu gehen, bevor der Rückzug unmöglich ist. Als ich gerade nach meinem Geldbeutel suche, öffnet sich die Tür. Ulrike. Ist sie es wirklich? Oder haben die Mails ein Wunschbild von ihr entstehen lassen? Jedenfalls habe ich sie mir so nicht vorgestellt. Kein Wunder, denn sie hat wie ich gemogelt mit ihrem Foto, hat garantiert auch ein falsches Alter angegeben, und war beim Friseur, der ihr Haar mit Spray betoniert hat. Seltsamerweise verspüre ich Sehnsucht nach meiner Frau mit ihren weichen Haaren, ihren Fältchen im Gesicht und ihrem Lächeln mit dem schiefen Schneidezahn. Ich zögere einen Moment, dann stehe ich auf, um meine Internetbekanntschaft zu begrüßen, auch wenn ich mich lieber in Luft auflösen würde.

Wie auf Kommando erheben sich auch meine Tischnachbarn. Kennen die beiden die Frau? Das wäre mehr als ein Zufall. Ulrike scheint jedoch keineswegs überrascht zu sein. „Guten Abend, ihr könnt es euch wahrscheinlich denken, ich bin Ulrike." Sie wendet sich an den Jüngeren. „Gunther, stimmt's?" Gunther nickt. „Karl-Heinz?" „Stimmt." Bilde ich es mir ein, oder sagt sie besonders freundlich: „Und Rogalla." Sie schüttelt jedem von uns die Hand und nimmt dann wie erwartet neben mir Platz. Erstaunt stelle ich fest, dass die beiden Männer, die doch verstanden haben müssten, dass ich mit der Dame verabredet bin, keinerlei Anstalten machen, uns zu verlassen. Ulrike streicht mir besitzergreifend über den Arm, was mich zurückzucken lässt, denn auf so ein rasantes Tempo bin ich nicht gefasst. Sie bestellt ein Glas Wein und erklärt lächelnd: „Ihr wundert euch vielleicht, dass ihr hier zusammen am Tisch sitzt, aber ihr Drei seid von allen Internetkontakten – es waren eine ganze Reihe – in die engere Wahl gekommen. Eure Mails waren so beeindruckend, dass ich mich nicht entscheiden konnte, mit wem ich den ersten Abend verbringen wollte."

Gunther zieht die Augenbrauen hoch, Karl-Heinz' Augenlider flattern. Niemand sagt etwas, obwohl wir allen Grund hätten zu protestieren, denn schließlich – ich habe es endlich begriffen –, ging jeder davon aus, der einzig Erwählte für den Abend zu sein. Ich wünsche mir nichts sehnlicher als zuhause mit Brigitte fernzusehen.

Ohne auf unser betretenes Schweigen zu achten, fährt sie fort: „Da ich nicht mehr die Jüngste bin, wollte ich sehen, wie ihr auf jugendliche Verlockung reagiert und habe euch meine Nichte geschickt. Durch eins der Fenster zum Nebenraum konnte ich euch gut beobachten." Karl-Heinz' Augen weiten sich; Gunther setzt empört zum Angriff an: „Aber das ist ja …". Weiter kommt er nicht, denn Ulrike unterbricht ihn unsanft: „Bei euch beiden, Gunther und Karl-Heinz, könnte ich mir eurer Treue nie sicher sein. Nur Rogalla zeigte sich wenig anfällig für die jugendlichen Reize meiner Nichte, und wenn ich ehrlich bin, habe ich nichts anderes erwartet. Nehmt es mir deshalb nicht übel", – sie legt ihre Hand auf meine – „wenn ich den Abend mit Rogalla verbringe."

Genus hominum – Das Wesen der Menschen

„Ein Wunder!", rief ich, als ich nach Hause kam, „ein Wunder, amore mio!" Dies war einer der besonderen Momente, die mich dazu verleiten, meine Frau so zu nennen. Brigitte sah von ihren Heften auf.
„Was ist passiert?"
„Ab April arbeite ich an der Uni."
Jetzt legte sie ihren Rotstift beiseite und sah mich misstrauisch an.
„Du warst bei Barto, oder?"
Diese Frage bedeutete: „Hast du zu viel getrunken?"
„Nein, ich meine, doch, ich war bei Barto, und rate, wen ich da getroffen habe."
Meine Frau hatte keine Lust zu raten, sondern bat mich schlicht: „Nun erzähl schon", um möglichst schnell ihre Ruhe zu haben. Ich bemühte mich, meinen Erfolg so knapp wie möglich zu schildern, aber begreiflicherweise kam ich vor lauter Begeisterung immer wieder vom geraden Weg ab.

Ich saß bei Barto an der Theke, als Erwin König, Dozent an der hiesigen Universität, die Kneipe betrat. Wir hatten uns lange nicht gesehen und unterhielten uns über das Wetter, die Politik, unsere Frauen und schließlich auch über unsere Arbeit. Letzteres versuche ich nach Möglichkeit schnell abzuhaken, da ich ungern zugebe, dass meine schriftstellerische Tätigkeit wenig einbringt. Um wenigstens etwas Eindruck bei König zu schinden, erwähnte ich, dass ich einen Schüler bei seiner Facharbeit in Latein unterstütze und dass die Eltern mich gut dafür bezahlen. In Wirklichkeit gebe ich dem Schüler nur anspruchslose Nachhilfe, aber das muss König ja nicht wissen. Zum Beweis meiner gehobenen Tätigkeit flocht ich ein paar lateinische Sätze ein, was mir nicht schwerfiel, da ich unter anderem auch einige Semester Latein studiert, danach allerdings nie in dem Fach gearbeitet habe. Schuldienst kam für mich nicht in Frage.
König schaute mich nachdenklich an. Dann kam die Überraschung: „Rogalla, würden Sie sich zutrauen, ein Semester lang eine Gruppe Studenten zu unterrichten, die für ihr Studium das Latinum brauchen? Keine blutigen Anfänger, sondern Mittelkurs."

Ich dachte, er macht Spaß und sagte ohne zu zögern: „Klar doch."
Königs Gesicht leuchtete auf. „Sie wissen, ich bin im Seminar verantwortlich für die Einstellung von Lehrbeauftragten, und ich brauche dringend einen Ersatz für einen Dozenten, der in der ersten Woche des Semesters krank geworden ist. Seine anderen Stunden kann ich durch Mitarbeiter auffangen, aber für diesen Kurs finde ich auf die Schnelle einfach keinen geeigneten Ersatz."

Als ich hörte, wie viel ich für eineinhalb Stunden die Woche verdienen würde verglichen mit meinem kargen Nachhilfelohn, überlegte ich nicht lange. „Das wäre mir ein Vergnügen", sagte ich, ohne mir über die Konsequenzen im Klaren zu sein.

Noch in derselben Nacht holte ich mein altes Lateinbuch hervor und vertiefte mich in Caesar, Cicero, Sallust und wie sie alle hießen. „Ich werde den Studenten schon die Begeisterung für die tote Sprache vermitteln", sagte ich zu Brigitte. „Was heißt überhaupt tot? Die täglich mehr werdenden Fachbegriffe gehen vielfach auf die lateinische Sprache zurück; für die Bildung neuer Wörter in unserer hochtechnisierten Welt wird Latein mehr denn je gebraucht."

„Oh je", stöhnte Brigitte, „du redest jetzt schon, als stündest du im Hörsaal."

Die Studenten reagierten verhalten, als ich sie mit meinen klug durchdachten Unterrichtsmethoden konfrontierte. Nach kürzester Zeit kannte ich ihre Namen und konnte so jeden, der sich hinter seinem Vordermann versteckte, aus seiner Versenkung holen. Überraschendes Aufrufen war meine Lieblingsweckmethode, und wer mich durch Reden mit dem Nachbarn nervte, durfte ein paar Sätze übersetzen. Danach herrschte zumeist Ruhe. Ich war überzeugt, dass mein Unterricht ein Erfolg war und wiegte mich in der Hoffnung, dass meine Tätigkeit als Lehrbeauftragter verlängert würde.

Die Studenten packten ihre Bücher ein, während ich die Hausaufgabe für die nächste Stunde wiederholte: „Übersetzung Sallust, *Genus hominum, Das Wesen der Menschen.*" Dann verließ ich schnell den Hörsaal, um die Toilette aufzusuchen. Ich kramte in der Tasche nach dem Schlüssel für die Dozententoilette, nur um festzustellen, dass ich ihn wohl zu Hause liegen lassen hatte. Was blieb mir anderes übrig, als mich mit leisem Missbehagen auf das stille Örtchen der Studenten zu begeben.

Von wegen stilles Örtchen! Gedrängel und lautes Zurufen über die einzelnen Türen hinweg empfingen mich. Kopfschüttelnd betrat ich schließlich eine frei gewordene Kabine und schaute verblüfft auf ein Wirrwarr von Kritzeleien an den Wänden. Ich beugte mich neugierig vor, um zu identifizieren, was denn dort geschrieben stand. Das durfte nicht wahr sein. Lauter Obszönitäten, eine schmutziger und geistloser als die andere. So etwas gehörte sich nicht einmal zu denken.

Ich holte meine Brille aus der Jackentasche, damit mir nichts von dem Abgrund der geistigen Unterentwicklung entging. Jetzt musste ich auch noch erkennen, dass eine ganze Reihe von Fehlern die Schmierereien verschlimmerten. Das war zu viel. Ich nahm einen roten Stift und verbesserte eilig und mit kribbelnden Fingern ein *k* zu *ck*, ein *den* zu *dem*, fügte, wo nötig, ein *h* hinzu oder strich eins weg, wobei ich mit der linken Hand meine Hosenbeine festhielt, damit sie nicht mit dem Toilettenrand in Berührung kamen.

So, das war geschafft. Vorsichtig um mich spähend, ob sich unter den Wartenden nicht etwa ein Student aus meinem Kurs befand, verließ ich den deprimierenden Ort.

Diese Überbetonung des Körperlichen, dieser Mangel an Geist und Bildung ließen mir keine Ruhe. „Iss wenigstens etwas Salat", sagte Brigitte ohne Gefühl für meine Sorgen. Ich überlegte, ob ich am nächsten Tag nicht zur Uni gehen sollte, um nachzusehen, ob ich in der Eile vielleicht ein oder zwei Fehler übersehen hatte. Die Seitenwände hatte ich ohnehin ganz außer Acht gelassen. Es musste gewagt werden.

Als „meine" Toilette endlich frei wurde, heftete ich die Augen sogleich auf die Sprüche an der Wand. Irgendetwas war anders als am Vortag, das erkannte ich sofort. Neongrüne Pfeile zeigten auf meine rot markierten Verbesserungen, Pfeile, die von einem dick unterstrichenen Satz ausgingen: „Welches Arschloch war das denn?"

Ich stand einen Moment sprachlos. Hatte ich richtig gelesen? Und das sollte unsere geistige Elite sein? Mit zitternder Hand nahm ich meinen Rotstift und schrieb in Anlehnung an die Hausaufgaben des Lateinkurses:

Sollte nicht der unzerstörbare, ewige Geist, der Lenker des menschlichen Wesens, unser Handeln beherrschen? (Sallust, *Genus hominum*, S. 23)

Mit der Welt im Unreinen ging ich an die Garderobe, um meinen Mantel zu holen. Dass mich der Besuch einer Toilette derart aus dem Gleichgewicht bringen konnte. Ich würde mich im Rektorat beschweren und mich mit Nachdruck dafür einsetzen, dass die Wände von nun an jeden Tag gereinigt wurden.

O Gott, nein, das ging nicht, denn dann würde man unschwer mich als Urheber des Erziehungsversuches identifizieren. Ein Dozent als Wandbeschmierer! Unmöglich! Nein. Ich musste meine verbalen Hinterlassenschaften unbedingt wieder entfernen, und zwar sofort.

Ungeduldig wartete ich, bis die Pause beendet war und die Flure sich geleert hatten. Dann schlich ich zurück, schaute nach rechts und nach links, ob kein bekanntes Gesicht in der Nähe war und verriegelte die Tür hinter mir. Doch als ich den Arm hob, um meine Worte zu beseitigen, zuckte ich zusammen. Hatte doch tatsächlich jemand in der Zwischenzeit oberhalb meines Satzes vier Zeilen hinzugefügt. Ich stieg auf den Toilettenrand und war einer Ohnmacht nahe, als ich las:

Ave, Herr Rogalla. Sie haben leider einen Satz übersehen:

*Da das Wesen der Menschen zusammengesetzt ist aus Geist **und** Körper, so folgen all unsere Bemühungen nicht nur der Natur des Geistes, sondern auch der Natur des Körpers.*

(Sallust, *Genus hominum, S. 24*)

Drei Wochen später erschien ein DIN A4 Bild in der studentischen Monatszeitung mit der Überschrift: *Bildungsversuch auf der Toilette*. Darunter mein Satz mit den dazugehörigen Zeilen des Studenten.

Ich weiß nicht, warum, aber mein Vertrag wurde nicht für das nächste Semester verlängert.

So hatte ich mir das nicht vorgestellt

„Hätten Sie eine Minute für mich Zeit? Ich würde Ihnen gern ein Angebot unterbreiten." Bevor der junge Mann den Satz zu Ende sprechen konnte, hatte meine Frau schon „Nein, danke" gesagt. „Aber ich will Ihnen nichts verkaufen. Es ist ein ganz seriöses Angebot. Hier haben Sie meine Karte." *Chris Kamelner*, las ich, *Fotograf.* Meine Frau schob seine Hand energisch zurück: „Behalten Sie Ihre Karte. Ich sagte bereits: nein, danke. Egal, ob seriös oder unseriös." Jetzt tat mir der junge Mann doch leid. Da musste der arme Kerl schon mit diesem unsäglichen Namen durch die Welt laufen, dazu Chris mit c und Kamelner mit k, das passte nun überhaupt nicht zusammen, und dann behandelte meine Frau ihn wie einen unsittlichen Antragsteller. Als wenn in ihrem Alter…

Ich verbot mir, diesen Gedanken zu Ende zu denken, denn ich habe Respekt vor meiner Frau, aber so konnte ich den jungen Mann nicht einfach stehen lassen. Freundlich, aber nicht zu freundlich fragte ich: „Was haben Sie denn anzubieten?" „Ich mache eine Fotodokumentation über Paare, und als ich Sie hier vorm Dom sah, dachte ich: die beiden müssen es sein." „Wieso gerade wir?", fragte meine Frau und schob ihre Mütze etwas zurück, um ein paar Locken in die Stirn fallen zu lassen. „Sie machen trotz der Kälte ein zufriedenes Gesicht im Gegensatz zu den mürrisch dreinblickenden anderen Leuten hier", sagte der Fotograf und lächelte meine Frau an, als kenne er sie schon lange. Meine Frau lächelte ebenfalls, reckte sich, hob den Kopf, schob die Schultern zurück und lächelte weiter, obwohl es gar keinen Grund mehr dafür gab. Vielleicht schmeichelte es ihr, dass gerade wir aus der Menge ausgesucht wurden, oder besser gesagt *sie*, denn ich war für den Knaben Luft. Dabei war ich es doch gewesen, der ihn nicht von vornherein abgelehnt hatte; aber er spürte wohl, dass nichts lief, wenn er nicht meine Frau überzeugte.

„Wofür machen Sie denn die Fotos?" Als meine Frau diese Frage stellte, war mir klar, sie hing schon am Angelhaken. „Für eine Ausstellung im Brückenmuseum Ende des Jahres." Meine Frau hakte mich unter, lehnte sich an mich, hielt dabei den Kopf etwas schief und sagte: „Na, dann machen Sie mal. Wenn's geht, schnell, denn es zieht hier gewaltig." Ich wurde gar nicht erst gefragt, als sei ich nur schmückendes Beiwerk. „Nein, nein, die Fotos werden in meinem Atelier gemacht. Ich würde mich freuen, wenn Sie mich morgen oder übermorgen besuchen könnten. Da haben wir dann Zeit für ein Foto-shooting." Der Fotograf hielt uns noch einmal seine Visitenkarte entgegen. Dieses Mal griff meine Frau zu. „Ich heiße Chris", sagte der junge Mann. „Brigitte", sagte meine Frau. Ich sah sie erstaunt an. Seit wann nannte sie nur ihren Vornamen, wenn sie sich vorstellte? „Rogalla", sagte ich, nur um kein Spielverderber zu sein. „Und mit Vornamen?" Der junge Mann wurde allmählich unverschämt. „Habe ich nicht", sagte ich mit fester Stimme. Der Jüngling brauchte ja nicht zu wissen, dass ich grundsätzlich meinen Vornamen nicht nannte, und dass sogar meine Frau mich nur Rogalla nannte. „Gib Chris doch deine Visitenkarte", stieß meine Beste mich im gleichen Moment an und langte in meine Manteltasche, wo ich immer ein paar Kärtchen für alle Fälle bereithalte.

„Rogalla. Sie sind Schriftsteller?!" Etwas ungläubig schaute der Fotograf mich an. „Aha, das erklärt alles. Rogalla ist Ihr Künstlername. Ich verstehe." Er verstand nichts, aber ich hatte keine Lust, ihn aufzuklären. Meine Frau verabredete sich für den übernächsten Tag in seinem Atelier: „Passt es Ihnen, wenn wir so gegen drei Uhr kommen?" Ich hatte mich nicht verhört; sie hatte „wir" gesagt, ohne mich zu fragen. „Passt", nickte Chris nach einem Blick in seinen Kalender. „Sie können übrigens anziehen, was Sie wollen, nach Möglichkeit aber Sachen, die Sie auch sonst tragen. Hauptsache, Sie fühlen sich nicht verkleidet in Ihrem Outfit." Outfit, ich hasste dieses Wort, das weder zu meiner Frau noch zu mir passte.

Bis zum Abendessen vermieden wir beide, über das „Fotoshooting" und das passende „Outfit" zu reden. Dann hielt meine Frau es nicht mehr aus. Kaum hatte sie — völlig ungewohnt — einen Becher Joghurt und einen Apfel vor sich stehen, platzte sie heraus: „Was hältst du davon, wenn ich das geblümte Kleid mit den kurzen Ärmeln anziehe, das dir so gut gefällt?" Als ich sie so aufgekratzt wegen eines albernen Fotografen sah, suchte ich nach einem Dämpfer: „Das Kleid ist doch für den Sommer, oder? Wir haben Spätherbst, und du weißt nicht, ob der Jüngling überhaupt eine Heizung hat." Das war meiner

Meinung nach ein doppelter Treffer, denn mit dem Wort „Jüngling" machte ich auch gleich sehr diskret auf den Altersunterschied zwischen meiner Frau und dem Künstler aufmerksam.

Meine Frau jedoch schien für diese Feinheiten kein Ohr zu haben. Sie löffelte langsam ihren Joghurt und dachte nach: „Ich könnte ein Jäckchen darüber ziehen, das blaue, das würde sogar gut zu deiner grauen Hose passen." Graue Hose? Meine beiden Hosen, die ich abwechselnd anzog, und auch meine Pullover waren schwarz, das normale „Outfit" für einen Künstler, der anderes als modische Kinkerlitzchen im Kopf hat. Schon fuhr meine Frau fort: „Es könnte sein, dass die Hose ein bisschen eng ist. Würdest du abends auch Joghurt und etwas Obst essen, hättest du jetzt kein Problem." Ich und ein Problem wegen dieses lächerlichen Fototermins? Es reichte. Ich ging zum Angriff über: „Du isst den Apfel und den Joghurt ja nur, weil du dir einbildest, du würdest dann morgen schlank aussehen. Dabei hat dein Chris gesagt, du solltest dich in deinem *Outfit* bei der *Fotosession* wohlfühlen. Kann dein Chris überhaupt deutsch?" Meine Frau fuhr auf: „Wegen *Outfit* und *Fotosession oder Fotoshooting*? Das sind längst gebräuchliche Wörter im Deutschen; das solltest du als Schriftsteller wissen. Und wieso sagst du mit so einem Unterton *dein* Chris?" Die Stimme meiner Frau war gefährlich hoch. Es bedurfte schon eines gewissen Mutes meinerseits, um zu entgegnen: „Na, so wie du Purzelbäume schlägst, um ihm zu gefallen…" Zu meiner Überraschung lachte meine Frau: „Purzelbaum, ein schönes, deutsches Wort." Froh über diese Wendung lachte auch ich entspannt, aber ich hätte mir denken können, dass dieser Moment nicht von langer Dauer sein würde.

„Ich schlage also Purzelbäume", nahm meine Frau das Gespräch wieder auf, nachdem sie ihren Apfel gegessen hatte und hungrig auf mein Wurstbrot schielte. Jetzt galt es, ruhig zu bleiben, sich nicht provozieren zu lassen, bloß nicht ein falsches Wort zu sagen. „Und du siehst äußerst graziös dabei aus", sagte ich, um die Gedanken meiner Frau durch ein Kompliment in eine andere Richtung zu lenken. Wenn ich Glück hatte, funktionierte es. Stille. Meine Frau kniff die Augen zusammen, schob skeptisch einen Mundwinkel in die Höhe. Ich begriff: Daneben getroffen. Ohne ein weiteres Wort erhob sie sich und verschwand im Schlafzimmer.

Ich wähnte sie längst verschnupft im Bett, als sie ins Wohnzimmer zurückkam, wo ich inzwischen den Fernseher eingeschaltet hatte und mich über die Heute-Nachrichten aufregte. Wie zufällig lief sie ein paar Mal vor mir auf und ab, ohne sich zu entschuldigen, dass sie mir den Blick versperrte. Vor allem sah ich keinerlei Grund für ihr Hin- und Herlaufen. Ich ärgerte mich, sagte aber nichts, da mir die Energie für einen neuen Streit fehlte. Nichts zu sagen, schien in diesem Fall jedoch die falsche Entscheidung zu sein, denn sie blieb plötzlich stehen, mitten vor dem Bildschirm, und fragte: „Na, was sagst du dazu?" „Schlimm", sagte ich, ohne nachzudenken. Unser Ministerpräsident verteidigte gerade den Einsatz der Polizei bei einem Krawall, und mich interessierte, wer für die brennenden Autos verantwortlich war. „Schlimm? Was soll das heißen?", fuhr meine Frau auf, stemmte die Hände in die Hüften und rührte sich nicht von der Stelle. „Schon wieder so ein Aufstand. Und wofür das Ganze?", ärgerte ich mich über die Krawallmacher und bedeutete meiner Frau mit einer energischen Handbewegung, endlich zur Seite zu gehen. Sie missverstand mich, bezog den „Aufstand" und „wofür das Ganze?" auf sich, womit der Rest des Abends vorgegeben war. „Rogalla, warum übertreibst du immer? Es geht doch einzig und allein darum, ob ich übermorgen diesen Hosenanzug anziehe oder nicht." Als ich meinen Fehler einsah, schaltete ich resigniert den Fernseher aus. Die folgende Diskussion würde etwa eine Stunde dauern. Wenn ich Glück hatte, schaffte ich noch die Nachrichten im Ersten.

Am nächsten Tag — ich schäme mich fast, es zu sagen —, ging ich ergeben neben meiner Frau zum Modegeschäft Hielscher, ein Laden, der eigentlich für uns zu teuer ist. Eine hellbraune Hose und ein Hemd, das meine Frau, warum auch immer, sandfarben nannte, waren schnell ausgesucht, da ich widerstandslos zustimmte. Ich kam mir zwar verkleidet vor in den hellen Sachen, aber meine Frau war höchst zufrieden mit meinem Aussehen, und nur das zählte.

Gutmütig begleitete ich sie eine Etage höher in die Damenabteilung. „Setz dich bitte vor die Umkleidekabinen, dann kannst du deinen Kommentar abgeben." Schon war sie verschwunden, während ich mich neugierig zu zwei weiteren Herren setzte, die ebenfalls darauf warteten, dass jemand sie nach ihrer Meinung fragte. Meine Liebste kam nach kurzer Zeit mit einem Armvoll Kleidern zurück. Es interessierte sie nicht, dass die Verkäuferin sagte: „Bitte, nur drei Teile", sie nahm alle fünf Kleider mit in die Umkleidekabine. Nach kurzer Zeit hörte ich sie rufen: „Rogalla, der Reißverschluss klemmt; kannst du mir mal helfen?" Die beiden Herren grinsten, ich eilte in die Kabine, die viel zu eng für zwei Personen war, und zerrte an dem Verschluss, bis nichts mehr ging. Apfel und Joghurt vom Vorabend hatten noch keine Wirkung gezeigt, so dass eine Verkäuferin zur Hilfe gerufen werden musste, um die Eingeklemmte zu befreien. „Das Kleid ist mindestens eine, wenn nicht zwei Nummern zu klein. Und alles Weitere, was hier hängt, auch", schimpfte die Verkäuferin. Mit beleidigten Unterton sagte meine Frau: „Wenn Sie meinen." Das hieß, sie würde auf jeden Fall testen, ob nicht doch eins der ausgesuchten Kleider passte.

Mit zerzauster Frisur trat sie nach einiger Zeit aus der Kabine und sah mich hoffnungsvoll an. Ich starrte auf ein leuchtend rotes Kleid, das um Hüften und Brust spannte und kaum Luft zum Atmen ließ. Wie hatte sie nur allein den Reißverschluss geschafft? Die beiden Männer neben mir starrten ebenfalls. Was sollte ich sagen? Das Kleid war inakzeptabel. Oder wollte ich nur nicht, dass meine Frau sich für den Fotografenjüngling so herausputzte? Unentschlossen nickte ich mit dem Kopf, was mit einem erleichterten Seufzer für Zustimmung gehalten wurde.

Als es Zeit wurde, sich für den Fototermin in Schale zu werfen, hielt mir meine Frau die beiden Einkaufstüten entgegen: „Es ist, glaube ich, besser, wir ziehen uns erst im Atelier um. Dann brauchen wir nicht so herausgeputzt durch die Straßen zu laufen."

Mir war es sehr recht, dass ich erst mal meine schwarze Hose und den alten Pullover anbehalten durfte. Die beiden Kleidungsstücke waren meine zweite Haut, die ich nur ungern ablegte. Das Rot ihres Kleides würde sich ohnehin viel besser von meinem gewohnten Schwarz abheben, ging es mir durch den Kopf. Meine beiden Einkaufstüten streiften leicht einen Mülleimer neben einer Parkbank. Die Tüte mit dem neuen, sandfarbenen Hemd und der neuen Hose anheben und in den Mülleimer fallen lassen war ein Reflex, der mir in seiner ganzen Bedeutung erst klar wurde, als wir vor der gesuchten Tür standen.

Ein junges Ding in pinkfarbenen Jeans nahm uns die Jacken ab. „Sie müssen ein Momentchen warten; Chris macht gerade die letzten Shootings von einem Paar." Als sie gegangen war, sah meine Frau sich um. „Wo ist denn hier die Toilette, damit wir uns umziehen können? Ich mache das auf keinen Fall vor seinen Augen." Ich dachte an den Mülleimer und wollte gerade gestehen, dass eine Umkleidemöglichkeit für mich überflüssig sei, als die Tür zum Atelier sich öffnete. Meine Frau stöhnte auf und griff meine Hand: „Das kann nicht wahr sein." Aus dem Atelier kam ein Paar in etwa unserem Alter, die Frau eine außergewöhnliche Erscheinung, die alle Aufmerksamkeit auf sich zog. Sie trug ein mir wohlbekanntes leuchtend rotes Kleid, das perfekt saß, das die Figur nirgendwo einengte, sondern an den richtigen Stellen hervorhob. Die Farbe bildete einen wohl durchdachten Kontrast zum langen schwarzen Haar, den schwarz gelackten Fingernägeln und dem schwarz umrandeten Mund. Kleid und Frau bildeten eine Einheit.

Kaum hatten die beiden sich verabschiedet, sprang meine Frau auf und holte unsere Jacken. „Wir gehen. So habe ich mir das nicht vorgestellt." Ich wusste nicht, was genau sie sich vorgestellt hatte, aber der Anblick „ihres" neuen Kleides an einer anderen Person muss ihr einen Schock versetzt haben.

Wir waren gerade im Begriff, uns davonzustehlen, als Chris hereinkam, uns ansah und uns überschwänglich begrüßte. „Es gefällt mir, dass Sie sich entschlossen haben, Ihr Alltagsoutfit für das Fotoshooting anzubehalten. Viele Paare kommen ausstaffiert mit dem Teuersten, das sie im Schrank finden, und manche kaufen sich sogar extra für den Termin hier etwas Neues. Da kostet es mich jede Menge Anweisungen, um sie wenigstens zu einer normalen Haltung zu bewegen. Ich bin sicher, bei Ihnen werde ich es leicht haben."

Als wir einige Monate später die Ausstellung im Brückenmuseum besuchten, schlenderten wir an den Aufnahmen mit den unterschiedlichsten Paaren vorbei, bis wir endlich vor dem Höhepunkt unseres Besuches, vor unserem eigenen Abbild standen. „Das sind wir", flüsterte Brigitte ergriffen, während sie näher an das Kunstwerk herantrat. Ein Paar, nah aneinander gelehnt, die Frau in unauffälligem Rock und praktischer Alltagsbluse, der Mann etwas nachlässig gekleidet in schwarzer Hose und schwarzem sackartigen Pullover. Die Frau legte ihren Arm um den Mann, als wolle sie ihn beschützen, während der Mann, etwas weltfremd blickend, mit seiner Rolle durchaus zufrieden zu sein schien. Ein ungleiches, aber glückliches Paar.

Betrifft: Gepäckversicherung

Sehr geehrte Frau Schmidt-Riefenberg,
mit größter Überraschung lese ich, dass Sie meinen Antrag auf Rückerstattung meiner Kosten, die mir beim Verlust meines Reisegepäcks entstanden sind, abgelehnt haben. Ihre Entscheidung ist mir unverständlich, da meine Ansprüche so klar ersichtlich sind, dass ich eine detaillierte Begründung für überflüssig hielt. Deshalb, sehr verehrte Frau Schmidt-Riefenberg, gestatten Sie mir, dass ich Ihnen nun den Hergang meines Malheurs ausführlich schildere. Ich bin sicher, dies wird bei Ihnen zu einer Meinungsänderung führen.

Am 2.11. verstarb mein Onkel Theo im Alter von 92 Jahren. Nicht dass ich unsäglich traurig gewesen wäre, nein, das nicht, aber immerhin war er mein Onkel, und es gehört sich, dass man an seinem letzten Gang teilnimmt, wenn es irgend möglich ist. Oder sehen Sie das anders? Wie auch immer, meine Frau jedenfalls war entschieden der Meinung, ich solle nach Mallorca fliegen, um Onkel Theo die letzte Ehre zu erweisen. Mein Onkel überwinterte nämlich jedes Jahr auf der Insel, und sein sehnlichster Wunsch war es, nach seinem Tod dort verstreut zu werden. Seine Frau Mina, die eigentlich Hermine heißt, sich aber nie mit diesem Namen anfreunden konnte, — wer will es ihr verdenken? —, wollte ihn lieber in seinem Heimatland beerdigt sehen. Und so einigte sich das Paar schließlich darauf, die Hälfte von Onkel Theos Asche im Mittelmeer zu verstreuen, und die Urne mit dem Rest in Deutschland beizusetzen. Mein Onkel war schon immer ein pragmatischer Mensch, der Schwierigkeiten mit Kompromissen aus dem Weg ging. Angeblich schlage ich nach ihm.

Meine Frau buchte Hotel und Flug, schluckte tapfer den hohen Preis für das Ticket und packte meinen Koffer. Sollten Sie, sehr verehrte Frau Schmidt-Riefenberg, jetzt die Augenbrauen hochziehen, weil sich Ihrer Meinung nach ein gestandener Mann selbst um das Kofferpacken kümmert, so kann ich Ihnen nur sagen, dass meine Frau bestimmte Dinge einfach besser macht als ich. Und warum sollte ich mich da vordrängen.

„Ich binde dir eine rote Schleife an den Griff. Dann erkennst du deinen Koffer bei der Gepäckausgabe schon von Weitem." Meine Frau!

Sie denkt wirklich an alles. Ich fand ihre Fürsorge zwar übertrieben und eine rote Schleife zugegeben etwas peinlich, aber ich konnte sie im Flughafen ja immer noch verschwinden lassen. „Und denk daran, den schwarzen Anzug gleich aus dem Koffer zu nehmen, wenn du im Hotel ankommst, damit er sich bis morgen früh ausgehangen hat." „Ja, ja.", erwiderte ich, in Gedanken längst woanders.

Der Flug war problemlos, eine freundliche Stewardess, die mir für 3,50 Euro ein Sandwich anbot, und ein höflicher Nachbar, der auch mir hin und wieder die Armlehne überließ. Ich erwähne die 3,50 Euro nur, weil meine Frau mir immer gerade so viel Geld mitgibt, wie sie meint, dass ich brauche. Den höflichen Nachbarn muss ich erwähnen, weil er am Verlust eines Teils meines Gepäcks beteiligt war. Er flog zu einer Karnevalsveranstaltung von deutschen Pensionären. 11.11., klar, dachte ich, Beginn der Karnevalssaison, aber auch in Mallorca? Sie werden gleich sehen, verehrte Frau Schmidt-Riefenberg, warum ich Ihnen das so ausführlich darlege. Jedenfalls erzählte der Mann, er wohne in einem Hotel etwas außerhalb von Palma. Da hatte ich es mit meinem preiswerten Hotel mitten in der Innenstadt besser.

Das Gepäck ließ nicht lange auf sich warten. Schwarz, mittelgroß, rote Schleife, mein Koffer würde leicht zu erkennen sein. Da kam er schon. Oder doch nicht? Ich hatte die rote Schleife etwas anders in Erinnerung, etwas kleiner, eher ein einfaches Band als eine voluminöse Schleife. Ich war verunsichert, denn dummerweise hatte ich nicht genau hingesehen, was meine Frau mir da an den Koffergriff gebunden hatte. Aber meine Zweifel waren nur von kurzer Dauer, denn weiter vorn am Band stand der Mann, der neben mir gesessen hatte, griff sich den Koffer und eilte zum Ausgang. Na ja, dachte ich, wer zu einer Karnevalsveranstaltung nach Mallorca reist, geniert sich auch nicht mit einer roten Schleife am Gepäck.
Als sich ein weiterer Koffer näherte, der ebenso unmännlich verziert war, zog ich ihn schnell vom Band und begab mich hinter einen Pfeiler, um unauffällig das rote Erkennungszeichen zu entfernen. Ich wunderte mich nur, dass meine Frau es außer mit einem Knoten auch

noch mit einer Sicherheitsnadel befestigt hatte. So doppelt umsichtig ist sie normalerweise nicht.

Als der Bus mich in der Nähe des Hotels ausgeladen hatte, war es bereits spät. Eine Eckkneipe lockte mit Tapas, und da ich nach dem mageren Sandwich im Flugzeug hungrig war, beschloss ich, gar nicht erst ins Hotel zu gehen, sondern meinen knurrenden Magen mit einem Stück ‚queso‘ oder ‚jamón‘ zu beruhigen. Ein wunderbarer Käse und ein ebenso köstlicher Schinken verlangten natürlich nach einem Gläschen Rotwein, und da der Wein außergewöhnlich preiswert war, gönnte ich mir gleich noch einige Gläschen hinterher. Das Leben war schön. Ich gestehe Ihnen, Frau Schmidt-Riefenberg, dass ich so gut gelaunt in meinem Hotelzimmer ankam, dass ich Waschen und Zähneputzen für überflüssig hielt und mich gleich aufs Bett gelegt habe. Der schwarze Anzug würde schon nicht allzu knittrig sein, also schob ich den Koffer ungeöffnet an die Wand.

Unsanft weckte mich das Morgenlicht. Mein Kopf hämmerte. Warum hatte ich bloß die Gardinen nicht zugezogen? Ein Blick auf die Uhr belehrte mich, dass es höchste Zeit war, mich auf den Weg zu Tante Minas Unterkunft zu machen, wo einige Gäste auf Onkel Theos Teilbeerdigung warteten. Die Hälfte seiner Asche sollte still und unbemerkt, aber doch mit einer angemessenen Zeremonie ins Meer gestreut werden; die Urne mit der Restasche sollte ich mit nach Deutschland nehmen, weil Tante Mina, die erst im Frühjahr zurückkehrte, sich damit emotional überfordert fühlte.

Ich warf den Koffer aufs Bett, zerrte den Reißverschluss auf und erstarrte. War ich immer noch betrunken? Was mir da entgegen leuchtete, war kein schwarzer Anzug, sondern ein blau-weiß gestreiftes Etwas. Ein Matrosenhemd! Sollte das ein Scherz meiner Frau sein? Der Gedanke verflüchtigte sich sofort, als ich eine komplette Matrosenausrüstung hervorzog. Hose, Hemd, Mütze, Halstuch, alles säuberlich gefaltet. Geschockt schüttete ich den gesamten Inhalt des Koffers auf den Boden und musste erkennen, dass nichts davon mir gehörte. Ich setzte mich auf die Bettkante und versuchte einen klaren Gedanken zu fassen. Eins wurde mir schnell klar: Mein Flugzeugnachbar hatte nicht sein sondern mein Gepäckstück vom Band genommen. Sicher hatte seine Frau ihm auch das Erkennen seines

Koffers mit einem roten Band erleichtern wollen. Und jetzt saß ich hier mit seiner Karnevalsausstattung, die er sicher heute Abend dringend für seine Pensionärsveranstaltung brauchte. Er fragte sich wahrscheinlich gerade: „Was soll ich denn mit diesem schwarzen Anzug?", während ich mich fragte: „Was mache ich bloß ohne schwarzen Anzug?" Tante Mina ist da sehr eigen. Wenn sie mich in meinen verknautschten Sachen sähe, die ich die Nacht über im Bett anbehalten hatte, würde sie sich womöglich weigern, mich an der Zeremonie teilnehmen zu lassen. Was sollte ich machen? Ich hatte keine Ahnung, in welchem Hotel der Karnevalsjeck wohnte. Und außerdem drängte die Zeit.

Zumindest lag zwischen dem Kofferinhalt auf dem Boden ein Hemd, das mir, wie ich auf den ersten Blick erkannte, zu groß war, außerdem blau-rot gestreift statt weiß, aber zumindest glatt.

Ich nahm mit spitzen Fingern Kamm und Zahnpasta aus dem fremden Waschbeutel, machte mich so weit wie möglich zurecht und nahm dann notgedrungen verschwenderisch ein Taxi.

Über Tante Minas Gesicht brauche ich Ihnen nichts zu sagen, Frau Schmidt-Riefenberg; jeder empfindlichen Seele hätte es irreparablen Schaden zugefügt.

Trotz allem hatte Onkel Theo einen ergreifenden Teilabschied. Tante Minas Freundin las ein Gedicht vor, Theos Skatfreund aus dem Seniorenheim Santa Mónica stimmte ein Wanderlied an, das die kleine Trauergemeinde leise mitsang, Mina blickte gedankenverloren übers Meer. Ich selbst hielt mich im Hintergrund.

„Wir treffen uns gleich zum Mittagessen im Santa Mónica; aber vorher bringst du ihn in dein Hotel", sagte Tante Mina und drückte mir die Urne in die Hand. „Pass gut auf ihn auf." Also noch einmal Taxi, um die Urne ins Hotel zu bringen.

Das Zimmermädchen hatte bereits die auf dem Boden verstreuten Sachen ordentlich auf mein Bett gelegt, so dass ich eilig alles einpackte, und die Urne schließlich weich gepolstert zwischen Matrosenhemd und Matrosenhose lag. Die Hoffnung, meinen eigenen Koffer bis zum Abflug am Abend zurückzubekommen, hatte ich längst aufgegeben.

Palma zeigte sich von der besten Seite, als ich mich zu Fuß auf den Weg zum Leichenschmaus machte. Die Mittagssonne tauchte alles in ein warmes Licht. Kaum zu glauben, dass schon November war. Plötzlich vernahm ich laute Musik, die aus einem offenen Fenster drang. Das war doch Karnevalsmusik! In Palma! Ach ja, heute war der 11.11., ein besonderer Tag, wie es schien, für die deutschen Überwinterer hier. Ich näherte mich dem Fenster, um einen Blick auf die übermütig Feiernden zu werfen. Nicht zu glauben, alle waren kostümiert. Alle, bis auf einen, der auf sein enges weißes Hemd nur ein paar Luftschlangen drapiert hatte, wohl um zu verdecken, dass bald die Knöpfe abspringen würden. Aber halt, den Mann kannte ich doch. Das war doch mein Nachbar aus dem Flugzeug. Mit meinem Hemd. Ich drängte mich in die Menge und klopfte ihm auf die Schulter.

Frau Schmidt-Riefenberg, das überraschte Gesicht hätten Sie sehen sollen, vor allem, als er erkannte, dass ich sein Hemd trug. „Sie haben wahrscheinlich wegen der roten Schleife meinen Koffer vom Gepäckband genommen, und aus demselben Grund habe ich nun Ihr Gepäck in meinem Hotelzimmer stehen", sagte ich. Dann fingen wir beide an zu lachen und tranken ein Gläschen auf unser Missgeschick. Wir vereinbarten, dass mein Flugnachbar am Nachmittag gegen fünf Uhr ins Hotel kommen und unsere Koffer austauschen sollte. Bis dahin würde ich längst vom Mittagessen zurück sein, konnte Onkel Theo aus seinem Matrosenhemd befreien und dann mit dem eigenen Koffer den Bus zum Flughafen nehmen, während mein Nachbar für den Abend endlich ein angemessenes Kostüm hatte.

Tante Mina wartete schon auf mich. „Hast du ihn ordentlich verpackt?" „Keine Sorge", beruhigte ich sie, „gut gepolstert und sicher." „Dann lasst uns auf das Wohl von Theo trinken", rief meine Tante in die Runde. Nach der ganzen Aufregung des Tages griff ich dankbar zu meinem Glas. Die ernste Stimmung lockerte sich schnell; Onkel Theo hätte Spaß an seiner Beerdigung gehabt.

Kurz vor fünf war ich zurück in meinem Hotel. Aus irgendeinem Grund zögerte das Mädchen an der Rezeption, mir den Zimmerschlüssel zu geben. Stattdessen reichte sie mir einen Zettel und versuchte, mir in gebrochenem Englisch etwas zu erklären. Sehr geehrte Frau Schmidt-Riefenberg, das Folgende werden Sie nicht glauben wollen, aber es wird endgültig Ihre Meinung zu meinem Antrag ändern.

Ich faltete den Zettel auseinander und las: Hatte eine Mitfahrgelegenheit, war deshalb schon früher hier und hatte keine Zeit zu warten. Alles geregelt. Guten Heimflug wünscht Ihnen … Den Namen konnte ich nicht entziffern. Mein Flugnachbar hatte dem Mädchen an der Rezeption klar gemacht, dass er berechtigt sei, unsere Koffer auszutauschen. Als er den Inhalt seines Koffers aufzählen konnte, war das Mädchen überzeugt und schloss ihm mein Zimmer auf. „Das war doch in Ordnung?", fragte sie unsicher. „Nein, auf keinen Fall", rief ich in böser Vorahnung, entriss ihr den Schlüssel und rannte auf mein Zimmer. Da stand mein Koffer einsam neben dem Bett, im Bad nur der entliehene Kamm und die Zahnpasta, von Theos Urne keine Spur. Obwohl ich wusste, dass es unsinnig war, durchwühlte ich meinen Koffer, warf den benutzten Schlafanzug weg, tastete den Anzug ab. Ich musste einsehen, die Urne lag, wo ich sie hingesteckt hatte: wohlgepolstert zwischen Matrosenhemd und -hose im Koffer eines fremden Mannes. Ich schimpfte in Gedanken auf meine Frau, die mir die rote Schleife an den Koffer gebunden hatte; ich schimpfte auf das Zimmermädchen, das Unbekannten einfach das Zimmer eines Gastes öffnete; ich schimpfte auf meinen Flugnachbarn, der mir nicht einmal seine Adresse hinterlassen hatte. Warum sollte er auch? Es nützte alles nichts, mein Flugzeug ging in zwei Stunden, und es war sinnlos, das Ticket verfallen zu lassen.

Sehr geehrte Frau Schmidt-Riefenberg, Sie werden einsehen, dass mein Antrag auf Erstattung eines weißen Hemdes, eines Schlafanzugs und einer Urne mehr als gerechtfertigt ist. Dass ich dabei den Preis für die Urne etwas hoch angesetzt habe, liegt an der Tatsache, dass meine Tante nichts von dem Verlust weiß und dass es mich viel Mühe kosten wird, vor ihrer Rückkehr im Frühjahr ein ähnliches Stück zu finden.

Mit freundlichen Grüßen
Rogalla – Schriftsteller

Hasenfuß

Barto behauptete frech weg, ich sei ein Hasenfuß. In meinem tiefsten Innern musste ich ihm Recht geben, aber bis dahin ließ ich ihn vorsichtshalber nicht blicken. „Ich, ein Hasenfuß? Unsinn. Ich doch nicht", sagte ich leicht pikiert. „Nun, dann beweise mir das Gegenteil, *caro mio*, und komm mit mir in das Riesenrad", meinte Barto, wohl wissend, dass ich nicht einmal auf eine niedrige Leiter steige. Allein bei dem Gedanken, in einer Gondel hoch über dem Rummelplatz zu schweben, wurde mir schwindlig. „Rogalla, der Blick von oben auf Bonn ist unbeschreiblich", schwärmte Barto mit seinem italienischen Tonfall, dem außer meiner Frau kaum jemand widerstehen kann. So verführte mein Freund mich mal wieder zu etwas, das mir widerstrebte, und wie üblich ließ ich mich von ihm überreden.

Es war schon spät, und nur noch wenige Gondeln des Riesenrads waren besetzt. Ein junger Mann, über und über mit Drachen und Einhörnern tätowiert, schaute auf die Uhr und rief der Frau am Fahrkartenverkauf zu: „Nicht mehr lange." Er half den Fahrgästen auszusteigen, die, wie es aussah, alle die Rundfahrt unbeschadet überstanden hatten. Barto kaufte zwei Tickets, drückte mir eins in die Hand und sagte: „Ich hole uns noch schnell eine Tüte gebrannte Mandeln. Das gehört einfach dazu." Da ich gerade fasziniert die Fabelwesen auf Armen und Hals des jungen Mannes betrachtete, nickte ich, ohne groß auf Bartos Worte zu achten.

Eine leere Gondel hielt vor mir. Der junge Mann öffnete die Tür und sah mich auffordernd an: „Was ist nun? Wollen Sie oder wollen Sie nicht?" Ich starrte weiter auf seine Tätowierungen, und da außer mir niemand auf eine Fahrt wartete, stieg ich ohne nachzudenken ein und kam erst zur Besinnung, als das Riesenrad sich in Bewegung setzte.

„Stopp! Mein Freund kommt noch", rief ich aufgeregt. Der Tätowierte lachte: „Wer nicht da ist, kann nicht einsteigen." „Dann lassen Sie mich raus." Meine Stimme klang schrill, aber der Mann drehte sich desinteressiert weg, während die Gondel sich langsam vom Boden hob. Ich klammerte mich an die Seitenlehne, sah Barto am Stand für Herzen und Mandeln kleiner werden und schloss die Augen. Auf den unbeschreiblichen Blick auf Bonn, den Barto mir versprochen hatte, würde ich freiwillig verzichten. Wie konnte ich nur auf die Idee kommen, mit ihm über den Kirmesplatz zu gehen. Nur weil wir beim Wein in Kindheitserinnerungen geschwelgt hatten? Weil wir uns tiefsinnig gefragt hatten, was wir in der zweiten Hälfte unseres Lebens noch tun wollten? An diesem weinseligen Abend beschlossen wir, wieder einmal auf dem Rummelplatz fetttriefende Reibekuchen zu essen, mit dem Autoscooter andere Fahrgäste zu rempeln und uns in einer Boxbude die Machotöne des Herausforderers anzuhören. Da unsere Ehefrauen all diese Vergnügungen verabscheuten, ließen wir sie zu Hause.

Aus dem Lautsprecher drang ein bekannter Schlager an mein Ohr. Um mich abzulenken, konzentrierte ich mich auf den Text des Liedes, verstand aber nur ein paar Worte, da die benachbarten Karussells mit ihrer Musik dagegen anplärrten. Wenn die Gondel nur nicht schaukeln würde. Mit geschlossenen Augen spürte man die Bewegung doppelt. Ich drückte meinen Rücken so fest ich konnte in das Plastikpolster und sehnte das Ende der Fahrt herbei. Wie viele Umdrehungen würde ich mitmachen müssen?

Ein plötzlicher Ruck riss mich aus meiner Angsthaltung und ließ mich auf die andere Seite des Sitzes rutschen. Die Gondel schaukelte gefährlich hin und her – so empfand ich es jedenfalls –, dann bewegte sie sich ruhiger und stand schließlich still. Ob wir schon angekommen waren? Ich öffnete vorsichtig die Augen und schloss sie sofort wieder, als ich begriff, wo ich war. Tief unter mir war der Rummelplatz, in der Ferne eine Menge glitzernde Lichter, wahrscheinlich Bonn, und über mir nichts, nur blauschwarzer Himmel und ein paar schwach leuchtende Sterne.

Ich rührte mich nicht, wartete nur darauf, dass das Rad sich wieder in Bewegung setzte. Um mich auf andere Gedanken zu bringen, zählte ich die Sekunden, 22, 23, 24, kam mit den Zahlen durcheinander und sagte mir lieber Goethes „Erlkönig" auf. Nichts tat sich. Warum drehte das Monster sich nicht weiter? Die wildesten Vermutungen kamen mir in den Sinn. Ein Mensch war aus der Gondel gefallen und hatte sich verletzt, nein, er war tot. Oder ein Getriebeschaden war aufgetreten, wobei ich keine Ahnung hatte, ob man bei einem Riesenrad von einem Getriebeschaden reden konnte. Wenn es aber so etwas war, würde es ewig dauern, bis man das Problem behoben hatte. Ich erinnerte mich an die Sprüche meines Yogalehrers, die ich nicht ganz ernst genommen hatte. Eine seiner Weisheiten lautete: „Wenn ihr aufgeregt seid, aufrecht sitzen, Daumen und Zeigefinger einer Hand fest zusammenpressen und tief ein- und langsam ausatmen. Das Ganze drei Mal. Das beruhigt." Ich atmete tief ein und langsam aus. Von Beruhigung konnte nicht die Rede sein. Gut, dass ich den Yogakurs nur kurz besucht hatte. Aber zumindest brachte ich nach der Atemübung Mut genug auf, die Augen vorsichtig zu öffnen und nach oben in die Dunkelheit des Himmels zu schauen. Ich dachte an Brigitte, die nichts Böses ahnend zuhause saß. Wäre ich doch mit ihr auf den Rummelplatz gekommen. Sie hätte mich niemals allein diese Folterkammer ausprobieren lassen. Mit Recht war ihr Barto, dessen Ideen unweigerlich zu einem Problem führten, nicht ganz geheuer.

Ich senkte den Blick ganz langsam, bis die Lichter Bonns sich vor mir ausbreiteten. Zugegeben ein schöner Anblick, wenn, ja wenn man festen Boden unter den Füßen hatte, aber nicht Wind und Wellen ausgesetzt war wie ich in dieser Gondel. Wind und Wellen? Hatte ich schon Halluzinationen?

Allmählich wurde mir kalt. Kein Wunder, so lange wie ich hier oben schon ausharrte. Vielleicht hatten sie mich einfach vergessen. Seit ich eingestiegen war, hatte das Riesenrad nicht angehalten. Waren die letzten Fahrgäste schon vor mir ausgestiegen? Dann saß ich allein in diesem Riesenkarussell. Panik stieg in mir auf. Ich musste mich irgendwie bei den Leuten am Boden bemerkbar machen, suchte in meinen Jackentaschen nach etwas, das ich nach unten werfen könnte, fand aber nur meinen Geldbeutel und ein unbrauchbares Taschentuch.

Die Panik und die Kälte verbündeten sich, wurden unerträglich. Ich setzte mich auf den Boden der Gondel, rutschte an die Außenwand und hielt vorsichtig den Kopf über den Rand. Ich musste es wagen, ich musste nach unten schauen. Aber wie weit ich den Kopf auch reckte, unten ließ sich nichts erkennen. Obwohl ich wusste, dass meine Stimme nicht gegen den Lärm ankommen würde, rief ich: „Barto." „Barto", wiederholte ich flehend. „Bartolomeo." Er musste sich doch denken, dass ich hier oben Todesängste ausstand, auch wenn ich es ihm gegenüber nicht zugegeben hatte. Und dann musste er als Freund etwas unternehmen. Aber wahrscheinlich aß er seine blödsinnigen gebrannten Mandeln und unterhielt sich angeregt mit dem Tätowierten. Ein feiner Freund war das. „Baarto", versuchte ich es noch einmal. Umsonst.

Brigitte hatte Recht mit ihrem Vorbehalt ihm gegenüber. Und wie seine Frau es bei ihm aushielt, war mir auch ein Rätsel. Mir fielen sämtliche Situationen ein, in denen Barto mir einen klugen Ratschlag gegeben hatte, der dann nach hinten losging. Seine Kneipe würde ich so schnell nicht wieder betreten, das war sicher. Wenn er mich hier kniend sähe, in dieser demütigenden Stellung …

Meine Gedanken wurden unterbrochen durch einen erneuten Ruck, der mich nach hinten fallen ließ. Mein Flehen war erhört worden, das Riesenrad drehte sich wieder. Ich schickte ein Dankesgebet zum Himmel und beschloss, für den Rest der Fahrt auf dem engen Boden der Gondel liegen zu bleiben. Sofort fühlte ich mich sicherer. So ließ es sich aushalten, auch wenn ich meine Beine mehrmals meiner seltsamen Lage anpassen musste.

Meine Gondel näherte sich dem Boden, als ich plötzlich eine vertraute Stimme hörte: „Wo ist er denn?" Barto. Das Riesenrad kam zum Stillstand. „Ich sehe ihn nicht." Wieder Bartos Stimme, die jetzt besorgt klang. Ich hörte den Tätowierten lachen: „Glauben Sie, er ist von da oben runtergesprungen?" Dann sah ich kurz einen Kopf über dem Rand der Gondel, sah den jungen Mann einen Blick über die Sitze werfen, sah ihn den Kopf zurückziehen und hörte ihn rufen: „Verdammt, er ist tatsächlich nicht da." „Was soll das heißen, er ist nicht da?" Bartos Stimme nahm einen gefährlichen Klang an. Der Tätowierte hatte seine Selbstsicherheit verloren. „Ich versteh's nicht. Hier ist er eingestiegen. Er kann ja unterwegs nicht umgestiegen sein." „Um Himmels willen", schrie Barto. „Rogalla, wo bist du? Sie Dummkopf, *Idiota*, was haben Sie mit meinem Freund gemacht?"

„Wieso ich?", wehrte sich der Tätowierte, „Sie haben mich doch bestochen, das Rad länger anzuhalten, damit Ihr Freund die Aussicht da oben so richtig genießen konnte. Ich habe nur zugestimmt, weil er der einzige Fahrgast war. Wenn Sie nicht so spät gekommen wären,

hätten Sie mitfahren können. Dann wüssten Sie jetzt, wo er ist."
„Porca miseria", schimpfte Barto. „Che stronzo!"

Bis zu diesem Moment hatte ich der Unterhaltung der beiden wie in einem spannenden, aber unrealistischen Film gelauscht; mit einem Schlag wurde mir jedoch klar, warum die beiden mich nicht sehen konnten. Man konnte kaum erwarten, dass Barto mich auf dem Boden einer Gondel suchte. Gleichzeitig wurde mir klar, wer meinen langen Aufenthalt in schwindelnder Höhe veranlasst hatte. Auch wenn es eine von Bartos gut gemeinten Ideen war, ein Denkzettel musste sein. Er sollte ruhig noch etwas schmoren, und deshalb rührte ich mich nicht.

„Wir lassen das Rad noch einmal laufen und schauen uns jede Gondel an", sagte der Tätowierte. Ich grinste zufrieden. In dieser Zeit sollte Barto sich ruhig überlegen, wie er meiner Frau mein Verschwinden beibrachte. Die Gondel ruckte wie gewohnt und hob ab. Mit angewinkelten Beinen und über der Brust gekreuzten Armen – mehr Platz gab es nicht – betrachtete ich die Innenseite meiner Lagerstätte. Wenn ich die Runde hinter mich gebracht hatte, würde ich wie ein Geist aus dem Grabe auferstehen. Ich freute mich schon auf Bartos Reaktion.

Gleich würden wir den höchsten Punkt erreicht haben, aber ich brauchte dieses Mal keine Angst zu haben, denn die Gondel würde ohne Halt ihre Reise fortsetzen. Meine beengte Lage machte mir allmählich zu schaffen, aber die Vorfreude auf Bartos ungläubiges Gesicht machte alles wett.

Ein angenehmes Gefühl, das jedoch nicht lange anhielt, da das Riesenrad wider Erwarten plötzlich stehen blieb. So sehr ich nach einer Veränderung zwischen Gondeldach und Sternenhimmel Ausschau hielt, es bewegte sich nichts. Das konnte nicht sein! Das war gegen jede Vereinbarung. Gegen welche auch immer. Meine Angst kehrte im Galopp zurück. Arme und Beine versteiften sich; ich sah mein Schicksal in dieser Gondel besiegelt. „Das war's, alter Junge", sagte ich, als sei mein Ende unabwendbar. Das war die Strafe dafür, dass ich mich unten bei Barto nicht bemerkbar gemacht hatte.

Die Musik setzte aus. Ich hörte nur noch das Stimmengewirr der

Kirmesbesucher in weiter Ferne. Ein Lautsprecher knackte und kündigte unseren Bürgermeister an. „Wir beenden jetzt mit dem traditionellen Feuerwerk unseren diesjährigen Jahrmarkt. Alle Fahrgeschäfte stehen still, damit Sie in Ruhe das Kunstwerk am Himmel betrachten können. Ich wünsche Ihnen eine gute Heimreise und hoffe, ..." Das Ende des Satzes bekam ich nicht mehr mit, da ich im selben Moment ohnmächtig wurde.

Unbekannte

Ich knöpfe das dünne Jackett zu. Am liebsten würde ich näher an meinen Nachbarn rücken, der bei seinem Übergewicht die nächtliche Kühle gar nicht zu spüren scheint. Was der wohl sagen würde, wenn ich mich an ihn lehnte, ich, ein ihm unbekannter Mann, der da an der Bushaltestelle an seiner Seite sitzt.

Die Frau neben dem Dicken schaut angestrengt in den Sternenhimmel. Niemand spricht. Dabei kommen wir vielleicht von der gleichen Veranstaltung und könnten uns darüber austauschen.

Der Bus lässt auf sich warten. Ich drehe mich unauffällig zur Seite, um meine Banknachbarn genauer in Augenschein zu nehmen. Der Dicke ist wahrscheinlich desinteressiert am Flüchtlingsproblem, das auf der Veranstaltung diskutiert wurde. Eher Fußballfan, der auf dem Sofa sitzt und fernsieht. Nur, was will er dann um diese Zeit hier am Stadtrand, wo es nur ein Lokal und verstreut ein paar Häuser gibt? Er riecht stark nach Alkohol

Die Frau neben ihm, seine Ehefrau? Wohl nicht. Lange, etwas ungepflegte Haare, schwarz umrandete Augen, zusammen gekniffene Lippen. So wie sie aussieht, hätte sie dem unkonzentrierten Redner heute sicher Paroli geboten, wenn sie an der Veranstaltung teilgenommen hätte.

Der Parkplatz neben dem Versammlungslokal hat sich inzwischen geleert. Klar, dass jeder mit dem Auto hierhergekommen ist, denn zu dieser späten Stunde fährt nur noch dieser eine Bus. Ich wollte Brigitte nicht bitten, mich abzuholen; sie hat genug zu tun. Ich bedaure mal wieder, dass die Führerscheinprüfung mich immer zu sehr abgeschreckt hat. Aber weshalb sind die beiden neben mir nicht mit dem Auto unterwegs? Jeder von uns Dreien tut so, als säße er allein hier an der Haltestelle.

„Verdammt kalt heute Nacht", versuche ich, ein Gespräch in Gang zu bringen. Der Dicke legt seinen Arm auf die Rückenlehne der Bank, als wolle er mir mit seiner nun offenstehenden Jacke das Gegenteil beweisen. Die Frau sagt nur: „Stimmt."

Ich überlege, ob der Dicke nicht vielleicht doch zu den aufgeregt diskutierenden Teilnehmern heute Abend gehörte. „Waren Sie auch auf der Versammlung?", frage ich.

„Welche Versammlung?"

„Über die Probleme der Flüchtlinge und wie man ihre Lage verbessern kann."

„Ich habe selbst genug Probleme", knurrt der Dicke.

Ich wende mich an die Frau: „Waren Sie da?"

Sie schüttelt den Kopf: „Ich? Nein."

Plötzlich nähern sich zwei knatternde Mopeds. Die beiden jugendlichen Fahrer drehen noch einmal richtig auf, als sie uns sehen, und fahren lachend an uns vorbei. Auf einmal kehren sie um und bleiben mit einer Vollbremsung vor uns stehen. „Sofort Geld und Smartphones her. Aber schnell", befiehlt einer der beiden jungen Männer mit schnarrender Stimme. Ich hole ohne zu zögern mein altes Handy aus der Jackentasche und reiche es dem vor mir Stehenden.

„Hast du nichts Besseres, Alter?", brüllt der, wirft das Handy auf den Boden und tritt darauf. „Geld!" Kaum habe ich das Portemonnaie aus der Jackentasche geholt, reißt der Junge es mir aus der Hand.

Mein Nachbar steht auf, um sich zu wehren, aber ein Schlag ins Gesicht belehrt ihn eines Besseren. Er zückt widerwillig sein Portemonnaie, aus dem ein Bündel Scheine herausschaut. Die Frau drückt dem Rohling unaufgefordert Handy und Geldbeutel in die Hand. Die Mopeds heulen auf. Weg sind sie wie ein Spuk. Das Ganze spielt sich in so kurzer Zeit ab, dass ich kaum einen klaren Gedanken fassen kann.

Sobald der Mopedlärm verstummt ist, kommt Leben in meine erstarrten Nachbarn.

„Was war das denn?", ruft die Frau und springt auf.

Der Dicke rudert mit den Armen: „300 Euro futsch. Einfach so."

Die Frau schimpft: „Diese Jugendlichen. Vor nichts Respekt. Aber was sollen sie machen, wenn sie keine Arbeit haben?" Sie geht aufgeregt auf und ab und reibt ihre nackten Arme, während der Dicke mit erhobener Faust droht: „Wenn mir einer von den Jüngelchen in die Finger kommt, ich mache ihn zu Brei." Er wühlt in seiner Hosentasche. „Ach, verdammt, ich kann ja niemand anrufen. Mein Telefon habe ich auf der Baustelle liegengelassen."

„Vielleicht sollten wir in das Lokal dort gehen", schlägt die Frau zitternd vor.

„Ist schon alles dunkel", sage ich und knöpfe meine Jacke auf, um sie ihr zu geben.

„Danke. Und was machen wir jetzt?"

Sie sagt *wir*. *Wir* sollten in das Lokal gehen. Was machen *wir*? Als gehörten wir zusammen. Sie fährt fort: „Gehen wir gemeinsam zur Polizei?"

„Zur Polizei? Die lachen sich doch tot, wenn die hören, dass Sie den Verbrechern freiwillig Ihr Handy und Ihr Geld gegeben haben", poltert der Dicke, während er die Hand auf seine geschwollene Wange legt.

Die Frau reagiert kleinlaut: „Ich wollte nur sichergehen, dass sie mir nichts tun. Außerdem war kaum Geld im Portemonnaie." Es klingt, als schäme sie sich, dass sie sich nicht gewehrt hat.

„Am besten gehen wir stadteinwärts, bis wir eine Kneipe finden, die noch auf ist", schlage ich vor und füge zu der Frau gewandt hinzu: „Haken Sie sich bei mir ein, dann wird Ihnen wärmer." Der Überfall scheint die Mauern, die uns umgaben, eingerissen zu haben.

Wir machen uns auf den Weg. „Ich glaube, ich war vorhin nicht ganz ehrlich zu Ihnen", sagt die Frau plötzlich. „Ich war zwar nicht auf Ihrer Veranstaltung, aber ich war mit meinem Mann auf dem Weg dahin. Er sollte dort einen Vortrag halten. Da ich in vielen Dingen anderer Meinung bin als er, haben wir uns im Auto dermaßen gestritten, dass er mich unterwegs rausgeworfen hat. Ich bin zu Fuß hierher gelaufen."

„Zu Fuß?", frage ich ungläubig.

„Ja. Aber dann habe ich es nicht fertiggebracht, als freundlich lächelnde Ehefrau zu ihm in den Saal zu gehen."

Der Dicke will etwas sagen. „Ich …" Er schnauft, da ihn das Laufen anstrengt. „Ich komme von einem alten Kunden. Ein bisschen Schwarzarbeit, Sie verstehen schon."

„Nein, das verstehe ich nicht", sagt die Frau.

„Klar, wer sein Geld freiwillig Räubern in die Arme wirft, braucht kein Schwarzgeld", wehrt sich der Dicke. Er fährt fort: „Sie haben mir meinen Führerschein abgenommen – zu viel Alkohol, Sie verstehen — ." Er schnappt kurz nach Luft. „Aber ohne Auto keine Arbeit. Kurz vor der Bushaltestelle überholt mich so ein verrückter Mercedesfahrer und rammt mich fast. Ich reiße das Steuer zu weit nach rechts – zu viel Alkohol – und lande im Straßengraben. Ich denke nur noch: Bloß weg von hier. Bloß keine Polizei. Gott sei Dank kenne ich die Haltestelle." Er wischt sich den Schweiß mit dem Jackenärmel von der Stirn und tritt gegen ein Straßenschild. „Alles Mist. Das ganze Leben." Er tritt noch einmal gegen das Schild. „Wer bringt mich denn jetzt zur Baustelle?"

Wir kommen nur langsam vorwärts, weil die innere Anspannung uns immer wieder stehen bleiben lässt. Aber je länger wir laufen, je mehr wir reden, je heftiger wir uns mit Schimpfen und Drohgebärden Luft verschaffen, desto mehr fällt die Aufregung von uns ab. Plötzlich ein näher kommendes Motorengeräusch. Der Bus. Sofort stellen wir uns mitten auf die Straße und winken, damit er anhält. Drei Menschen, die nur noch nach Hause wollen. „Es reicht doch auch, wenn jeder von uns morgen zur Polizei geht, oder?", fragt die Frau, ohne eine Antwort zu erwarten. Hatte sie nicht eben noch ‚wir' gesagt?

Bremsen quietschen. Als der Fahrer die Tür für uns öffnet, setze ich mich in eine Bank und rutsche zur Seite, doch der Dicke und die Frau gehen wortlos an mir vorbei und suchen sich jeder einen Platz, weit genug vom anderen entfernt. Die Frau gibt mir meine Jacke zurück und einen Zettel mit ihrer Adresse. „Für alle Fälle", sagt sie. Ich zerknülle den Zettel, denn ich werde ihn nicht brauchen. Das Licht erlischt. Niemand sagt ein Wort. Drei Unbekannte, deren Wege sich für einen kurzen Moment gekreuzt haben.

Ein halbes Doppelzimmer

Ich weiß nicht, was ich mir dabei gedacht habe, als ich zu meiner Frau sagte, ein halbes Doppelzimmer während der Reise sei völlig ausreichend. Die Wirklichkeit, der ich hier ausgesetzt bin, hätte auf jeden Fall meine Vorstellungskraft überstiegen.

„Du musst auf andere Gedanken kommen, Rogalla", meinte Brigitte. „Raus aus dem grauen Winterdeutschland. Eine Reise in die Wärme, in eine andere Kultur, in eine farbige Welt würde deine Lebensgeister wiedererwecken." Wenn Brigitte mir so schwärmerisch etwas anpreist, ist Vorsicht geboten. Entweder sie meint es wirklich gut mit mir, übertreibt dabei aber in ihrer Sorge um mich, oder sie will mich einfach für einige Zeit aus dem Haus haben.

Sie holte einen Katalog mit Studienreisen, schlug die Seiten auf, die sie mit Eselsohren gekennzeichnet hatte, und sagte einschmeichelnd: „Rogalla, wolltest du nicht immer schon mal nach Zypern? Oder Mallorca oder Malta?" Ich konnte mich nicht erinnern, dass ich dorthin wollte. Brigitte ließ nicht locker: „Du hast schon so lange nichts mehr geschrieben. Du brauchst einfach einen Anreiz."

Wenn ihr so sehr daran gelegen war, mich durch eine Reise zu motivieren, dann sollte es zumindest ein Ziel nach meinen Wünschen sein.

„Indien", sagte ich fest und war mir sicher, dass sie einen Rückzieher machen würde.

Brigitte schluckte, zögerte einen Moment. Dann zog sie einen anderen Katalog aus dem Stapel, den sie seit einiger Zeit im Wohnzimmer hortete.

„Nordindien, Indien umfassend, Südindien mit Muße. Was darf es denn sein für meinen Prinzgemahl?"

Die feine Ironie, die in ihren Worten mitschwang, verstand ich sofort. Eine Reise nach Indien kostete zu viel. Sie blätterte, holte einen weiteren Katalog, blätterte wieder, bis sie glaubte, etwas Passendes für mich gefunden zu haben. Ich machte gar nicht erst den Fehler, mitreden zu wollen. Das gab nur Probleme.

„Hier habe ich genau das Richtige für dich, drei Wochen Südindien, einfach super." Es beleidigt mein Schriftstellerohr, wenn meine Frau so alberne Adjektive wie super oder krass benutzt, aber da zeigt sich der Einfluss ihrer pubertierenden Schüler.

Nachdem ich mir sämtliche „superkrassen" Vorzüge der Reise angehört hatte, fuhr Brigitte plötzlich hoch: „Der Einzelzimmerzuschlag ist allerdings unverschämt."

Ich antwortete ohne zu überlegen, nur um jeglicher Diskussion über Geld zuvorzukommen: „Das ist doch kein Problem. Ich kann ein halbes Doppelzimmer nehmen." Schon tat mir mein vorschneller Satz leid, aber das unangenehme Thema Geld umgehe ich möglichst, da mein Beitrag zur Haushaltskasse trotz aller Bemühungen immer noch nicht erwähnenswert ist.

„Ein halbes Doppelzimmer. Wenn du meinst", sagte Brigitte ungewohnt nachgiebig, und so stehe ich zwei Monate später mit 40 Mitreisenden am Flughafen von Chennai, dem ehemaligen Madras.

Da ich dem jungen Mann, der unsere Koffer unten im Bus verstaut, nicht ganz über den Weg traue, gebe ich ihm ein paar Hinweise, wie er es bewerkstelligt, alle Gepäckstücke unterzubringen. Das führt zu einer längeren Diskussion in gebrochenem Englisch, was wiederum zur Folge hat, dass ich als Letzter den Bus besteige und in der hintersten Reihe Platz nehmen muss, die Füße auf einer Kiste mit Mineralwasser, die Arme auf einer Plastiklehne, die glühend heiß ist. Allmählich wird mir klar, warum Brigitte den Preis für die Reise akzeptiert hat.

Ich schaue über die Köpfe vor mir. Wer kommt als mein Zimmernachbar in Betracht? Ich entscheide mich für einen schon etwas angegrauten Herrn mittleren Alters in Reihe sieben, auch Einzelreisender, da die Frau neben ihm sicher nicht zu ihm gehört. Viel zu jung, viel zu hübsch. Bei der Schlüsselvergabe wird sich zeigen, ob ich Recht habe.

„Herr Petersen, Zimmer Nr. 163", ruft der Reiseleiter. Der Mann aus Reihe sieben tritt vor.

„Herr Rogalla ..."

„Auch Zimmer Nr. 163", rufe ich. Der Reiseleiter, Herr Leidig, schaut mich mit hochgezogenen Augenbrauen an. Ich kenne diesen Blick, der versucht, mich in eine Schublade einzuordnen. Witzbold oder Querulant? Als Reiseleiter sollte der Mann mehr Menschenkenntnis haben.

„Herr Rogalla, Zimmer Nr. 170."

„Und wer hat außer mir noch die Nr. 170?", möchte ich wissen, nachdem ich mit Herrn Petersen falsch gelegen habe.

„Wenn Sie ein halbes Doppelzimmer gebucht haben, werden Sie den Herrn gleich auf Ihrem Zimmer kennenlernen."

Mir fällt auf, dass Herr Leidig abstehende Ohren hat und überhaupt etwas einfältig aussieht.

Während ich noch weitere Mängel festzustellen versuche, schiebt sich jemand durch die Menge, greift meine Hand und sagt: „Ich bin der Zimmernachbar. Dietbert."

Vor mir steht ein Riese, – „kariertes Hemd, karierter Verstand" denke ich als Erstes –, Sonnenbrille auf dem Kopf, eine Tasche für Geld und Ausweis um den Bauch gebunden. Ein reiseerfahrener Mann.

„Angenehm. Rogalla", stottere ich.

„Wir sollten uns doch besser gleich mit Vornamen anreden", sagt Dietbert, „schließlich hocken wir uns drei Wochen auf der Pelle."

„Mein Vorname tut nichts zur Sache. Rogalla reicht."

„Wie du willst."

Dietberts Ausdrucksweise gefällt mir nicht, aber er scheint nicht zänkisch zu sein. Auch als es darum geht, wer im rechten und wer im linken Bett schläft, lässt er mir die Wahl. Doch dann fängt er an umzuräumen. „Den Nachttisch ziehe ich etwas vor, damit ich Taschenlampe, Buch und Messer griffbereit habe. Oky-Doky?"

Taschenlampe und Buch kann ich nachvollziehen, aber was will er mit dem Messer auf dem Nachttisch? Und was heißt *Oky-Doky*? Er versucht noch, unsere Betten auseinander zu schieben, was ihm leider nicht gelingt, so dass wir uns nach dem Abendessen eng nebeneinander unter zwei dünnen Laken wiederfinden, Dietbert mit einem ledergebundenen Buch und gold leuchtendem Kugelschreiber in der Hand, ich mit einem Notizheft, in das ich zuhause Stichworte und Gedankenfetzen für eine eventuelle Geschichte oder einen späteren Roman eintrage. Dass Dietbert überhaupt etwas schreibt, hätte ich ihm gar nicht zugetraut.

„Was notieren Sie denn da, wenn ich fragen darf?"

Dietbert antwortet selbstbewusst: „Das ist mein Tagebuch, da erinnere ich mich am Ende der Reise besser, was alles passiert ist. Die

Sehenswürdigkeiten kann ich in jedem Buch nachlesen, aber die persönlichen Erlebnisse stehen nirgendwo geschrieben." Ich staune. Vielleicht war mein erster Eindruck von Dietbert falsch, und er ist feinsinniger als er aussieht.

Er muss bereits am ersten Tag viel erlebt haben, denn er schreibt und schreibt, während mir keinerlei Gedanken kommen, die aufzuzeichnen sich lohnen würde. Es muss an der Übermüdung nach dem langen Flug oder an der außergewöhnlichen Situation liegen, dass mir nichts einfällt. Wann kommt es schon mal vor, dass meine Knie als Unterlage dienen müssen, da es keinen Schreibtisch gibt, und neben mir ein Mann im Bett sitzt, von dem ich mich beobachtet fühle? Um vor Dietbert nicht einen ganz unbedarften Eindruck zu machen, wende ich mich etwas zur Seite und schreibe *Liebe Brigitte*, kaue kurz am Bleistift und schreibe noch einmal *Liebe Brigitte*. Mein Kopf ist leer. Nach dem fünften oder sechsten *Liebe Brigitte* lege ich Stift und Heft zur Seite und wünsche meinem Nachbarn eine angenehme Ruhe.

Am nächsten Morgen erste Besichtigungen, Bauten aus der Kolonialzeit, neogotische Architektur. Herr Leidig gibt sich Mühe, sein Wissen an die Hälfte der Teilnehmer zu vermitteln. Die andere Hälfte hält die Augen geschlossen oder schimpft über die unerträgliche Hitze, die Klimaanlage und das warme Mineralwasser, das verteilt wird. Ich sitze wieder in der letzten Reihe, heute zwar ohne Mineralwasserkiste unter meinen Füßen, dafür neben mir ein Berg Bananen für 41 Personen, was den Platz auch nicht bequemer macht.

Dietbert hat es geschafft, hinter Herrn Leidig zu sitzen. Bei der lautstarken Diskussion mit einer älteren, resoluten Dame, ob er nicht seinen Platz vom Vortag einnehmen wolle, behielt er die Nerven und ließ sie Kopf schüttelnd weiter nach hinten gehen. Ich winkte ihr zu, und nun sitzt sie aufgebracht neben mir und schimpft vor sich hin.

Liebe Brigitte, du meinst, ich brauche einen Anreiz zum Schreiben. Wenn das hier so weitergeht, komme ich ohne eine Zeile nach Hause.

Beim zweiten gemeinsamen Abendessen nutzt Dietbert die Gelegenheit und meldet sich zu Wort: „Da wir drei lange Wochen miteinander verbringen, schlage ich vor, dass wir uns alle duzen. Hat jemand etwas dagegen?" Gemurmel unter den Anwesenden, aber niemand wendet etwas gegen den Vorschlag ein. Ich hebe die Hand. „Ich möchte nicht geduzt werden."

„Was soll das denn, Rogalla? Du hast dich doch bis jetzt nicht dagegen gewehrt."

„Aber jetzt tue ich es. Und ich möchte, dass man meinen Wunsch respektiert."

Herr Leidig sieht Dietbert an und zieht die Schultern hoch, als wolle er sagen: „Der Rogalla war mir von vornherein suspekt." Dietbert sagt nur: „Jeder, wie er will" und dreht sich zu Herrn Petersen.

An diesem Abend schlafe ich nicht direkt ein. Ich hole mein Notizbuch und schlage eine leere Seite auf in der Hoffnung, dass die Sehenswürdigkeiten des Tages und die Mitreisenden Motivation genug für ein paar Zeilen sind. Einige wenige Stichworte fallen mir ein, aber es reicht keineswegs für das Gerüst einer Geschichte. Dietbert hingegen sitzt in einem geblümten Hemd auf dem Bett und schreibt ohne aufzuschauen Zeile für Zeile in sein Tagebuch. Was notiert er bloß die ganze Zeit? Er hat nicht mehr erlebt als ich.

Nach etwa einer halben Stunde klingelt sein Smartphone. „Ach, du bist's. Ich komme gleich." Er wirft sein Tagebuch in die Nachttischschublade und geht ins Bad, um sich mit seinem Parfum, das er griffbereit neben das Waschbecken gestellt hat, einzusprühen. Er muss sich großzügig bedient haben, denn der Duft steigt mir durch die geöffnete Tür in die Nase. „Tschüssikowski", ruft Dietbert fröhlich, und weg ist er. Unerträglich, seine Ausdrucksweise. Welche Frau aus der Gruppe ruft bloß so einen Proleten an?

Und das Messer? Hat er es mitgenommen oder wie das Tagebuch in die Nachttischschublade geworfen? Meine Augen fixieren den Griff der Schublade. Wenn ich wüsste, mein Zimmernachbar kommt so schnell nicht zurück, könnte ich einen Blick in seine Notizen werfen. Nur einen kurzen Blick. Neugier ist schließlich eine der wichtigsten Voraussetzungen für eine schriftstellerische Tätigkeit.

Ich stehe auf, lausche, ob sich auf dem Flur etwas bewegt, schleiche auf die andere Bettseite und öffne die Schublade. Ein Paket Papiertaschentücher, der Kugelschreiber und das Tagebuch. Kein Messer. Ich zögere einen Moment, bevor ich mir einen Ruck gebe und das Buch hervorhole. Meine Hände zittern, als ich es aufschlage und mir eine ausdrucksvolle, große Schrift ins Auge springt. Ein schnell hingeschriebener Text ohne Absätze, die das Lesen erleichtern würden. Ich suche das Datum des heutigen Tages. Endlich. Da ist es. Aha, als Erstes der Streit mit der alten Dame im Bus. Ich würde gern an der Stelle weiterlesen, aber da ich nicht weiß, wie lange ich das Zimmer für mich habe, muss ich mich auf das Wesentliche beschränken.

Das Wort *Abendessen* ist freundlicherweise unterstrichen, was mir meine Suche erleichtert. „Ich schlage vor, dass wir uns alle duzen, aber mein verrückter Zimmernachbar will nicht. Er ist ein komischer Kauz, Schriftsteller, wie er sagt. Kann ich mir aber kaum vorstellen. Gestern hat er nur so getan, als würde er etwas schreiben. Wollte mich vielleicht beeindrucken." Ich und ihn beeindrucken? Das Buch fällt mir aus der Hand und landet auf dem Boden. Was bildet der Mann sich ein? Wieso glaubt dieser großspurige Mensch – man sehe sich nur seine Angeberschrift an –, wieso glaubt dieser Kerl meine Fähigkeiten einschätzen zu können? Er hat noch nichts von mir gelesen.

Ich hebe das Tagebuch auf und werfe es wie einen ansteckenden Gegenstand in die Schublade zurück. Der Zorn beflügelt mich. Die Gedanken wirbeln in meinem Kopf durcheinander und wollen niedergeschrieben werden. Ich schreibe drauflos, ohne Ordnung, ohne Strategie. „Das Doppelzimmer ist ein Reinfall. Ich habe großes Pech mit meinem Zimmernachbarn, der ein eingebildeter Mensch ist, aufdringlich und unsensibel. Er bezeichnet mich in seinem Tagebuch als komischen Kauz, unfähig, einen guten Text zu schreiben. Ich weiß nicht, wo er den Abend verbringt, aber es ist mir auch gleichgültig. Mich interessiert höchstens, warum er sein Messer mitgenommen hat…"

Der Stift fliegt über das Papier; bald sind zwei Seiten gefüllt. Ich lehne mich zurück, strecke meine Beine aus und versuche, mich zu entspannen. Als vom Flur her Schritte zu hören sind, schiebe ich rasch das Heft unters Kopfkissen und lösche das Licht.

Während Dietbert ausgiebig geduscht hat, muss ich wohl eingeschlafen sein, denn ich finde mein Heft neben meinem Kopfkissen. Da Dietbert noch schnarcht, lasse ich es schnell im Koffer verschwinden.

Es geht heute nach Mahabalipuram. Allein der Name weckt Neugier, wohingegen Herrn Leidigs Erklärungen nicht unbedingt dazu angetan sind, die Mitreisenden in Bann zu schlagen. Dietbert redet mit der jungen Frau, die auf dem Weg vom Flughafen neben Herrn Petersen saß. Er weicht auch während der Besichtigung der Höhlenreliefs, Götterstatuen, Krieger und Tiere, die Leidig ausführlich erklärt, nicht von ihrer Seite. Beim zweiten Küstentempel trennen sich ihre Wege, er geht zu Fuß zum Hotel, sie nimmt wie ich den bequemeren Bus. Ob es ihr mit ihm zu viel wurde? Und ob er das alles wieder in sein Tagebuch schreibt? Jedenfalls weiß ich bei der Ankunft am Hotel, dass die junge Frau Nicola heißt.

Am Nachmittag gibt es kein Programm, stattdessen ist Strand angesagt. Dietbert sitzt auf einem Liegestuhl, einen Stift in der Hand – so viel kann ich aus sicherer Entfernung erkennen –, während Nicola in knappem Bikini faul in einer Hängematte vor sich hindöst. Ich schaue aufs Meer, lausche dem Rauschen der Palmen im Hintergrund und genieße den warmen Sand, der über meine Füße rieselt. Brigitte hatte Recht. Die großartigen Tempel neben armseligen Wellblechhütten, die lachenden Menschen zwischen abgemagerten Kühen, die Farbenpracht auf den Straßen, vor allem auf den Märkten, all das lässt meinen Geist wach werden. Die Hitze wird durch die frische Brise vom Meer gemildert, so dass ich voller Tatendrang nach meinem Notizbuch greife.

Ich beginne mit meiner Umgebung, was sich in diesem Fall anbietet, lasse dann den Protagonisten, einen Mann meines Alters, ein Streitgespräch mit seiner Tochter Siri führen. Siri fühlt sich zum Gegenspieler hingezogen, einem dem Vater verhassten Mann. Ich weiß nicht, warum, aber je länger ich mich mit diesem Gegenspieler beschäftige, desto mehr bekommt er Ähnlichkeit mit Dietbert. Und Siri sieht aus wie Nicola. Das muss ich später überarbeiten.

„Hallo, Rogalla, alter Knabe. Na, wie läuft's? Gute Ideen für eine Geschichte?" Dietbert kann nicht wissen, dass ich das Wörtchen *Hallo* als Begrüßung nicht leiden kann, ebenso wenig *alter Knabe*, und überhaupt kann ich es nicht leiden, wenn man mir beim Schreiben über die Schulter blickt. Ich klappe mein Notizbuch zu und antworte unwirsch: „Alles bestens." Bilde ich es mir ein, oder grinst

Dietbert vielsagend, als mache er sich über mich lustig? „Und bei Ihnen?", frage ich aus purer Höflichkeit. „Haben Sie wieder so viel erlebt?" „Und wie! Unmengen. Allein gestern Abend wieder, so dass ich mit dem Schreiben gar nicht nachkomme. Wollen Sie heute nicht mal mitkommen?"

Ich lehne dankend ab, denn ich bin froh, wenn ich eine kurze Zeit das Zimmer für mich allein habe.

Als Dietbert sich nach dem Abendessen wieder verabschiedet, versuche ich meine Geschichte weiterzuschreiben, aber der Elan, der mich am Nachmittag beflügelt hat, ist weg. Statt neuer Gedanken gehen mir immer wieder Dietberts „Unmengen" an Erlebnissen durch den Kopf. Wenn ich noch einmal einen Blick in sein Tagebuch wagte? Vielleicht würde mir das weiterhelfen. Außerdem kann er es mir nicht verdenken, nachdem er sich so ungebührlich über mich geäußert hat.

Die gesuchte Seite ist schnell gefunden. „War gestern Abend mit Nicki in einem Restaurant ohne Touristen. Keinerlei Luxus, dafür herzliche Menschen, die sich neugierig mit uns auf Englisch unterhielten." Es folgt eine ausführliche Beschreibung der Gäste im Lokal, und, was mir wichtiger erscheint, der Inhalt ihrer Gespräche, Nachdenken über Gott und die Welt.

„Nicki hat sich wohlgefühlt, bis ihre Bemerkung über die Frauen als Freiwild einem Inder nicht gefiel. Wir gerieten in Streit und kurz darauf fing eine Reihe von jungen Männern an, Nickis nackte Arme anzufassen. Sie rückten geschlossen näher an sie ran, schoben mich zur Seite und griffen in Nickis blondes Haar. ‚Lasst sie in Ruhe', rief ich erbost. Gleichzeitig zückte ich mein Messer und hielt es drohend in die Höhe."

Jetzt verstehe ich einiges. Klar, dass Dietbert sich heute Morgen so intensiv mit Nicki unterhalten hat. Die beiden hatten mehr als genug zu besprechen. Erstaunlich nur, wie gelassen sie wirkten. Aufs Schlimmste gefasst lese ich weiter und erfahre, dass man Dietbert aus dem Lokal gestoßen hat und Nicola ihm nur mit Mühe folgen konnte.

Und das behält Dietbert für sich? Wenn mir so etwas passierte, ich müsste es sofort jemandem erzählen. Dietberts Erlebnisse gehen mir nicht aus dem Kopf. Sie lassen keinen Platz für andere Gedanken, schon gar nicht für die Fortsetzung meiner Geschichte. Oder vielleicht doch? „Nein, Rogalla", ermahne ich mich. Doch der Gedanke hat sich eingeschlichen und lässt sich nicht verscheuchen: In abgeänderter Form würden die Tagebucheintragungen sich hervorragend in meinen Text einfügen. „Plagiat", mahnt eine innere Stimme. „Es braucht niemand zu erfahren", beruhigt mich eine zweite Stimme. Schon lasse ich Siri mit dem vom Vater abgelehnten Mann ausgehen und dasselbe erleben wie Dietbert und Nicola. Nur die Sache mit dem Messer weite ich etwas aus.

Zufrieden mit mir schlafe ich ein.

Auf der Weiterfahrt, vorbei an Palmen und Zuckerrohr lacht Dietbert viel mit Siri, oh verflixt, mit Nicki; ich bringe die echte und die erfundene Figur schon durcheinander, so ähnlich sind sie sich. Mit mir redet Dietbert nur das Nötigste; manchmal grinst er ohne Grund, dann grinse ich zurück, damit er keinen Verdacht schöpft. Da er fast jeden Abend später als ich ins Bett geht, habe ich mir angewöhnt, an diesen Abenden seine Tagebuchaufzeichnungen zu lesen, die von Mal zu Mal spannender werden. Einerseits würde ich gern einmal mit ihm und Nicki einen Abend verbringen, um selbst zu sehen, was mir da alles entgeht, andererseits würde ich mir damit die Möglichkeit nehmen, Dietberts Erlebnisse nachzulesen. Und ich muss gestehen, dass meine Geschichte sich dank seiner Aufzeichnungen zügig entwickelt.

Ich genieße inzwischen die Reise, die durch eine üppige Landschaft führt mit Kardamon, Zimt, Piment und Nelken, auf der weiteren Strecke Tee und Kaffee ohne Ende. Ich sauge alles in mich auf, während Dietbert die schönsten Ausblicke einfach verschläft. Kein Wunder bei seinen nächtlichen Eskapaden. Gestern konnten er und Nicola allerdings nicht ausgehen, weil Nicola Ärger mit ihrem Vater hat und ein langes Telefongespräch mit ihm führen musste. So stand es zumindest im Tagebuch.

Ein paar Tage später bereitet ein anderer Eintrag mir echte Sorge. Das Messer liegt in der Schublade, blutverschmiert. Als ich es entdecke, stockt mir der Atem. Die Sätze im Tagebuch helfen mir nicht weiter: „Was heute passiert ist, kann ich nicht schreiben. Ich hoffe nur, niemand wird es herausfinden." Was soll ich machen? Ich weiß etwas, das ich offiziell nicht weiß. Was hat Dietbert mit dem Messer gemacht? Irgendwie muss ich mich an die Antwort herantasten.

Die ältere, resolute Dame, die am ersten Tag neben mir auf der letzten Bank gelandet war, hält mir seitdem einen Platz frei, eine Geste, die ich zu ihrem Leidwesen oft übersehe. Heute setze ich mich neben sie und frage nach einer Weile so ganz nebenbei: „Haben Sie gestern Abend zufällig Dietbert und Nicola gesehen?" „Ja. Warum? Sie saßen an der Bar." „Und sie haben das Hotel nicht verlassen?" „Warum sollten sie? Hier gibt es doch rundherum nichts als Landschaft."

Nichts als Landschaft. Also muss im Hotel etwas passiert sein, bei dem das Messer zum Einsatz kam. Ein Wunder, dass es sich noch nicht rumgesprochen hat.

Ich muss in meinem Text notgedrungen die Spannung erhöhen, indem ich die Frage offenlasse, woher das Blut am Messer stammt. Ich schreibe, dass Siris Vater von einem Unbekannten mit einem Messer verletzt wird. Er kann sich nur grob an den Täter erinnern, da es schon dunkel war. Das kann ich immer noch ändern, wenn Dietbert den wahren Grund für das Blut am Messer bekennen sollte.

Am nächsten Abend lese ich etwas Überraschendes. Dietbert schreibt, dass Nicolas Vater mit einem Messer verletzt wurde, dass er aber den Täter nur grob beschreiben kann, da es zur Tatzeit schon dunkel war.

Hat das Land vielleicht meine Sinne verwirrt? Ich lese die letzten Sätze noch einmal, aber da steht es schwarz auf weiß. Es ist eindeutig Dietberts großspurige Schrift. Ich weiß nicht, was ich denken soll. War bisher ich es, der Dietberts Texte als Vorlage nahm, so ist es dieses Mal Dietbert, der Bezug auf meinen Text nimmt. Und das, obwohl er ihn nicht kennt. Nicolas Vater wird mit einem Messer verletzt, einen Tag nachdem ich in meiner Geschichte geschrieben habe, dass Siris Vater Opfer eines Messerangriffs wurde. Wie kann das sein?

Während ich noch grübele, klopft es. Dietbert und Nicola, die sich entschuldigen, dass sie mich stören. Das geht zu weit, ist mein erster Gedanke, dass er jetzt auch noch seine Reisebekanntschaft mit aufs Zimmer bringt! Aber Dietbert ist alles zuzutrauen. Merkt er denn nicht, dass es mir unangenehm ist, nur mit einer Schlafanzughose bekleidet vor ihnen zu sitzen? Aber Nicola und Dietbert machen keinerlei peinlich berührten Eindruck. Im Gegenteil. Dietbert setzt sich unaufgefordert bei mir auf die Bettkante und grinst, als müsse er mich auf etwas Unerwartetes, aber nichts Ernsthaftes vorbereiten. „Rogalla", beginnt er, „wir müssen dir, nein, Ihnen etwas sagen." Oh je, jetzt kommt der Grund für das Blut am Messer.

„Ab morgen ziehe ich zu Nicki ins Zimmer. Ist schon mit Leidig besprochen. Das heißt, Sie sind mich für den Rest der Reise los. Das ist mein Geschenk an Sie; Sie wissen schon, wofür." Habe ich richtig gehört? Ein Doppelzimmer für mich allein, ohne Zuschlag, ein Traum wird wahr. Wenn ich das Brigitte erzähle … Hoffentlich erträgt Nicola Dietbert bis zum Ende der Reise, so dass ich meine Ruhe habe.

Im gleichen Moment fällt mir ein, dass mit Dietbert auch die Inspirationsquelle für meine Geschichte das Zimmer verlässt. Ich umklammere mein Notizheft und drücke es an die Brust. Dietbert grinst nicht mehr, sondern lächelt fein. „Ich sehe, Sie haben schon verstanden." Verstanden? Was soll ich verstanden haben? Jetzt mischt sich Nicola ein: „Es tut mir leid. Es war meine Idee." Es war ihre Idee, dass die beiden zusammenziehen? Dafür muss sie sich nicht entschuldigen. „Sie waren mir zu Beginn der Reise nicht gerade sympathisch", sagt Dietbert, „und als ich in der zweiten Nacht nach dem Duschen ins Bett ging und sah, dass Sie schliefen und Ihr Notizbuch neben dem Kopfkissen lag, konnte ich nicht widerstehen. Ich musste nachsehen, ob Sie wirklich ein Schriftsteller waren oder einer, der nur angibt." Ich setze ein gekränktes Gesicht auf und sage tadelnd: „Das ist nun wirklich nicht die feine Art." Dietbert grinst: „Zu meiner Überraschung stellte ich fest, dass Sie in meiner Abwesenheit längst mein Tagebuch gelesen hatten und daraufhin in Ihrem Notizheft auch kein gutes Haar an mir gelassen haben." Ich stottere entschuldigend: „Tut mir leid."

Wenn ich gedacht habe, dass damit der Fall erledigt sei, so habe ich mich gründlich getäuscht. Nicola hat Dietbert vorgeschlagen, doch einen Test zu machen. „Du erfindest ein Erlebnis, und wenn Rogalla in seinem Heft irgendeine Bemerkung macht, die sich auf deine Ein-

tragung bezieht, ist klar, dass er wieder dein Tagebuch gelesen hat."
Ich versinke vor Scham in den Kissen, als Nicola fortfährt: „Wir hatten ja keine Ahnung, dass wir damit eine Lawine losgetreten haben und dass fast dein ganzer Text aus Dietberts erfundenen Tagebucheintragungen bestehen würde."

„Heißt das, Sie haben das Hotel abends überhaupt nicht verlassen?"
„Nein, wir haben nur ein paar Bier an der Bar getrunken." „Und das blutverschmierte Messer?" Dietbert lacht laut. „Das nehme ich immer mit auf Reisen, um die Bierflaschen zu öffnen." „Aber das Blut." Jetzt lacht Nicola. „Das war doch nur Ketch-up." Wie kann ich unsichtbar werden? In welches Mauseloch kann ich mich verkriechen?

Nicola lehnt sich an Dietbert und sagt: „Mach dir nichts draus, Rogalla. Wir haben unseren Spaß gehabt, und deine Geschichte ist bis jetzt gar nicht mal schlecht."

Mir macht es nichts aus, dass Nicki mich duzt. Auch Dietbert ist nicht so übel, wie ich angenommen hatte. Fast tut es mir leid, dass er umzieht. „Wir sind dann mal weg. Tschüssikowski, Rogalla." Wenn er nur nicht diese schreckliche Ausdrucksweise hätte.

Herzflimmern

„Brigitte, da ist es wieder", rief ich panisch und setzte mich schweißgebadet auf den Küchenstuhl. Meine Frau kam angerannt, wie immer, wenn sie diesen Tonfall in meiner Stimme hört. Als sie meine Hand sah, die auf die linke Brustseite drückte, schimpfte sie: „Das reicht mir jetzt; du rufst sofort einen Arzt an." Da ich mich nicht rührte, griff sie selbst zum Telefon und schilderte mit Nachdruck, wie dringend eine ärztliche Untersuchung bei mir sei.

Seit einigen Wochen klopfte mein Herz unruhig, kam manchmal sogar ganz aus dem Takt, vor allem wenn ich mich über etwas aufregte. Und ich neige angeblich sehr dazu, mich auch über Kleinigkeiten aufzuregen. Das behauptet zumindest meine Frau. Ich selbst hatte mich anfangs gefragt, ob ich vielleicht verliebt sein könnte, und dass deshalb mein Herz so unregelmäßig klopfte und dabei heftig schmerzte. Aber mir fiel niemand ein, der als Verursacher in Frage gekommen wäre. Leider.

Es kam, wie es kommen musste, Herzrhythmusstörungen und gefährliches Vorhofflimmern wurden diagnostiziert, eine Katheteruntersuchung und eine Ablation — unbekannte Wörter für mich — waren unumgänglich. Und so lag ich dann einige Tage später im Operationssaal mit einem Schnitt in der Leiste und einem Sandsack auf der Schnittstelle. „Sie bleiben jetzt acht Stunden auf dem Rücken liegen und bewegen sich so wenig wie möglich. Der Sandsack darf nicht verrutschen, sonst kann die Einstichstelle wieder anfangen zu bluten", sagte die hübsche junge Krankenschwester, während sie mich Richtung Intensivstation schob. Ich hatte keine Ahnung, was acht Stunden ruhig auf dem Rücken liegen bedeutete, und lächelte zustimmend.

Ich war noch nie auf einer Intensivstation. Also staunte ich nicht schlecht, als die hübsche Schwester mein Bett neben einen Paravent stellte, der einen anderen Patienten verdeckte. Gab es hier kein Einzelzimmer? Oder waren die nur für Privatpatienten? „Sie haben Glück, dass Sie nur zu zweit sind", sagte die ansehnliche Person im grünen Kittel, „normalerweise liegen hier mehr Patienten zur Beobachtung." Damit verließ sie den Raum und überließ mich meinen Gedanken.

Im Zimmer gab es außer den medizinischen Geräten, die wartend in einer Ecke standen, nicht viel zu sehen. Ich drehte meinen Kopf etwas nach links, um den Paravent, der mich von meinem Nachbarn trennte, in Augenschein zu nehmen. Vielleicht ließ sich die Person, die dahinter lag, wenigstens erahnen. Keine Chance. Der dunkelgrüne Stoff war absolut blickdicht. Der Wandschirm ließ etwa einen halben Meter bis zum Fußende des Bettes frei. Aber dort lag nur die gleiche langweilige weiße Decke, die die Schwester auch über meine Füße gelegt hatte. Tat sich hier denn gar nichts? Da konnten die acht Stunden ja ganz schön lang werden.

Plötzlich kam Bewegung in die Decke nebenan. Ein paar Füße schoben sich im Schneckentempo an die frische Luft. Das konnte nur ein alter Mann sein, der sich so langsam bewegte; aber als ich genauer hinsah, änderte ich schnell meine Meinung, denn die Zehennägel waren in meinen Lieblingsfarben lackiert, blau und türkisgrün. Da lag kein Mann, sondern eine Frau neben mir! Das gab's doch gar nicht. Noch dazu jung, denn die Nagellackfarben ließen nichts anderes vermuten. Vor Aufregung wollte ich mich aufrichten, doch im letzten Moment fiel mir ein, dass das ja verboten war.

Die bunt lackierten Zehen bewegten sich zentimeterweise hin und her. O je, die Unbekannte war wohl auch frisch operiert. Vielleicht hatte sie die gleiche Operation hinter sich wie ich und durfte sich ebenfalls acht Stunden nicht rühren. Meine Neugier erwachte. Konnte ich sie einfach ansprechen? Warum eigentlich nicht? Schließlich waren wir Bruder und Schwester im Leid. Und außerdem ging mir das sture auf dem Rückenliegen schon auf den Geist.

Was konnte ich sagen, um sie zu einem Gespräch zu verleiten? Der Nagellack ließ auf eine selbstbewusste, vielleicht sogar hübsche Person schließen, da durfte es nicht wie eine billige Anmache klingen. Ich bin normalerweise nicht um Worte verlegen, aber diese Situation war neu für mich. „Rogalla", ermunterte ich mich selbst „sei kein Hasenfuß. Sag einfach irgendwas." Ich würde doch mit dieser hochsensiblen Situation fertig werden.

Vielleicht sollte ich mich meiner Nachbarin erst einmal vorstellen? Nein, das passte nicht. Es musste etwas ganz Nebensächliches, Unverfängliches sein. Ich lauschte angestrengt, ob sich hinter dem Paravent etwas bewegte, und hörte nur ein tiefes, wie mir schien angestrengtes Atmen. Vielleicht tat ihr auch der Rücken schon weh? Ich gab mir einen Ruck: „Entschuldigen Sie, dass ich Sie anspreche. Finden Sie nicht, dass es sehr heiß hier im Raum ist?" Was redete ich für einen Blödsinn? Es war doch gar nicht heiß.

„Warten Sie noch eine Stunde. Dann ist es Ihnen egal, ob es heiß oder kalt ist. Dann wollen Sie nur noch hier raus", kam eine dunkle Stimme durch den Vorhang. Eine angenehme Stimme. Nicht zu jung, nicht zu alt. Ein viel versprechender Anfang. Jetzt aber schnell reagieren, bevor wieder Stille einkehrte. „Hatten Sie auch Herzprobleme?" Warum fiel mir kein intelligenterer Satz ein? Aber meine Nachbarin schien nichts Dummes an meiner Frage zu finden und erzählte mir ausführlich das Wie und Warum ihrer Operation. Ich klinkte mich hin und wieder mit ein paar zustimmenden Bemerkungen in ihren Bericht ein, gebe aber zu, dass mein Interesse geheuchelt war. Wann konnten wir endlich zu Themen übergehen, die nichts mit ihrer Krankheit zu tun hatten?

Je länger ich die grünblauen Zehennägel betrachtete, desto mehr war ich überzeugt, dass diese Frau mir spannendere Dinge zu erzählen hatte. Und wer weiß, was sich daraus ergeben konnte. Nach der Affäre meiner Frau mit ihrem Direktor hatte ich wohl auch das Recht, mich etwas umzusehen, auch wenn diese Affäre schon geraume Zeit vorbei war. „Haben Sie jemanden, der nach Ihnen schaut, wenn Sie nach Hause kommen?", wagte ich mich schließlich vor. „Nein, ich lebe allein, und das ganz gut", klang es entschieden durch den Vorhang. Hatte ich es mir doch gedacht. Den großen Zehennagel blau lackieren, die anderen grün, das macht man nur, wenn es einem egal ist, was der andere dazu sagt, oder eben, wenn kein anderer da ist.

„Und Sie?" Auf diese Frage war ich so schnell nicht vorbereitet. Sollte ich meine Frau erwähnen? Besser nicht. Besser eine ausweichende Antwort geben. „Ach, wissen Sie, ich komme genau wie Sie ganz gut allein zurecht." Sie hatte ja keine Ahnung, dass meine Frau letztlich für das Funktionieren meines Lebens verantwortlich war. Sie brachte das Geld nach Hause, während ich vergeblich auf die Zusage eines Verlags wartete. „Ich bin Schriftsteller", fügte ich hinzu,

„da sitzt man meistens allein am Schreibtisch." „Oh, Schriftsteller", das klang überrascht und gleichzeitig, als sei dies ein bewundernswerter Beruf. Ich spürte, wir kamen uns näher. Ich brauchte ihr ja nicht auf die Nase zu binden, dass meine Schätze seit Jahren unentdeckt in der Schublade lagen. „Und Sie, was machen Sie beruflich?" lenkte ich von mir ab. „Ich bin Lehrerin. Geschichte und Sport." Eine leichte Enttäuschung machte sich in mir breit. Meine Frau war auch Lehrerin; der Beruf hatte nichts Romantisches. Etwas Aufregenderes, Künstlerisches hätte ich meiner Unbekannten schon gewünscht. Schauspielerin, Architektin oder Sängerin vielleicht. Aber ich würde mich durch ihren Beruf nicht entmutigen lassen. Wir beide hatten entschieden etwas gemeinsam.

Schon allein die folgende Frage: „Haben Sie neben Ihrer Schriftstellerei noch Zeit für andere schöne Dinge des Lebens?" zeigte doch, wie sie feinfühlig versuchte, sich in mich hineinzuversetzen. Ich konnte ihr natürlich nicht sagen, dass meine Frau mich morgens, bevor sie das Haus verließ, ermahnte: „Denk daran, die Betten müssen frisch bezogen werden. Hast du die Bezüge gebügelt?" Die Frau neben mir fragte nach den schönen Dingen des Lebens; welch ein Unterschied. Mein Herz begann zu klopfen, aber dieses Mal wusste ich, welchen Grund es hatte. „Ein erfolgreicher Schriftsteller hat wenig Zeit für andere Tätigkeiten", sagte ich, „aber glauben Sie mir, ich genieße die freien Momente in vollen Zügen."

Dann bat ich sie, mir doch etwas aus ihrem Alltag zu erzählen. Sicher gebe es da doch auch ungewöhnliche Augenblicke. „Die gibt es in der Tat", erwiderte sie lachend, „und da Sie gesagt haben, Sie seien Schriftsteller, erzähle ich Ihnen, was letzte Woche bei uns an der Schule passiert ist. Meine Kollegin, Frau Rogalla, ist mit einem Autor von Kurzgeschichten verheiratet." Ich zuckte zusammen. Hatte sie Frau Rogalla gesagt, verheiratet mit einem Autor? Oh Gott, das war doch meine Frau. Gut, dass ich meinen Namen nicht genannt hatte. Ich zog die Bettdecke höher, obwohl der Vorhang blickdicht war.

Meine Nachbarin fuhr fort: „Also die Frau Rogalla schlug vor, dass ihr Mann im Deutschunterricht eine seiner Kurzgeschichten vorlesen solle, um anschließend mit den Schülern darüber zu diskutieren. Als der Rogalla sich im Lehrerzimmer vorstellte, dachte ich mir schon, der hat von Schülern keine Ahnung. Das gibt ein Debakel." Ein Debakel? Wie kam sie denn darauf? Von Schülern keine Ahnung? Was wusste die Frau im Bett nebenan über meine Fähigkeiten? Mit einem Schlag kam sie mir nicht mehr ganz so begehrenswert vor.

„Hören Sie mir auch zu?", fragte sie, wohl weil ich keinen Kommentar zu ihrer Geschichte abgab. „Ja sicher", sagte ich nicht besonders freundlich.

„Die Unterrichtsstunde ging dann auch voll daneben" fuhr sie fort. „Als wenn eine Klasse 8 mit einer bei Kafka geklauten Kurzgeschichte etwas anfangen kann. Die Schüler tanzten dem Rogalla auf der Nase herum und bewarfen ihn schließlich mit einem Farbbeutel."

Das reichte. Ich hatte bis jetzt das Gefühl gehabt, die Schulstunde sei außergewöhnlich lebendig verlaufen und die Schüler hätten sehr wohl meinen Text verstanden. Und nun sowas. Wie konnte die Bettnachbarin überhaupt ein Urteil abgeben? Sie hatte mich doch nur kurz im Lehrerzimmer gesehen. „Bei Kafka geklaut." Als hätte ich das nötig: „geklaut". Wenn ich es recht bedachte, war ihre Sprache auch ziemlich ordinär. Und dann diese albernen bunten Zehennägel.

Die Zimmertür wurde geöffnet; die schöne Krankenschwester erschien im Türrahmen. In Panik schloss ich fest meine Augen und stellte mich schlafend. Auf keinen Fall durfte mein Name genannt werden, denn das hatte meine Frau nun wirklich nicht verdient. Zu meiner Erleichterung hörte ich: „Frau Sievers, Ihre Zeit ist um." Ich blinzelte unter halb geöffneten Augenlidern hervor und stellte fest, dass die blonde Schönheit das Nachbarbett hinter dem Vorhang weg und Richtung Tür gezogen hatte. Ich sah auf dem Kissen nur einen strengen Kurzhaarschnitt, graubraun und praktisch. Phantasielose Sportlehrerinnenfrisur, schoss es mir durch den Kopf.

Meine Nachbarin wünschte mir, ohne sich umzuschauen, alles Gute und winkte mit der Hand. Zu meinem Erstaunen waren die Fingernägel nicht lackiert. „Beantworten Sie mir noch eine Frage", konnte ich mich nicht enthalten hinter ihr herzurufen und stützte mich auf meine Ellbogen. „Warum haben Sie Ihre Zehennägel grün und blau angemalt, aber die Fingernägel nicht?" „Die Schüler haben Geld für ein

Kinderheim gesammelt", kam die Antwort schon fast von der Tür her. „Für zwei Euro haben die Mädchen jedem, der zustimmte, die Fingernägel in den buntesten Farben lackiert. Mir waren die schrillen Farben zu auffällig für die Finger, wo sie jeder sieht, also haben sie die Zehen genommen, um an ihr Geld zu kommen."

„Herr Rogalla, Sie sollen doch auf dem Rücken liegen bleiben", sagte die schöne Krankenschwester in vorwurfsvollem Ton, bevor sie das Nachbarbett endgültig aus dem Raum schob.

creative writing

Seit einiger Zeit hat mein Leben an Sinn und Tiefe zugenommen. Ich sehe es aus einer anderen Perspektive, sozusagen von einer höheren Warte. Wie ich das geschafft habe? Nun, ich besuche seit einigen Wochen einen *creative writing* Kurs.

Meine Frau legte mir eines Morgens das Programm der Familienbildungsstätte auf den Tisch und sagte: „Schau mal, Rogalla, wäre der Schreibkurs nichts für dich? Du lässt dir doch immer passende Verse zu den Geburtstagen unserer Freunde einfallen, schreibst spannende Kurzgeschichten, und deine Leserbriefe im *Stadtanzeiger* würden auch nicht gedruckt, wenn denen dein Stil nicht gefiele. Außerdem wolltest du schon lange unsere Familienchronik in Angriff nehmen." Sofort läuteten bei mir die Alarmglocken. Mein inneres Warnsystem meldete sich, denn seitdem der Buchladen meint, auf meine Arbeitskraft verzichten zu können, sucht meine Frau stets nach Ideen, wie sie mich für ein paar Stunden aus dem Haus bekommt.

Aber dieses Mal lehnte ich ihren Vorschlag nicht gleich ab. Ich hatte in der Tat schon oft mit dem Gedanken gespielt, statt der vielen Kurzgeschichten mal etwas Längeres zu schreiben. Es musste ja nicht gleich nobelpreisverdächtig sein, aber was diese Bestsellerautoren da so produzierten, das sollte ich doch wohl auch auf die Reihe kriegen. Und wenn die in dem Schreibkurs einem dabei behilflich waren, umso besser.

Zur ersten Stunde nahm ich einen kleinen, bescheidenen Text von mir mit, ein Gedicht, das ich zur Silberhochzeit meiner Schwester Elsa geschrieben hatte, und das mir besonders gelungen erschien. Die anderen sollten gleich sehen, dass ich kein blutiger Anfänger war. Leider wollte Herr Günther, unser Kursleiter, in der ersten Stunde nichts von zu Hause Mitgebrachtes hören. Stattdessen verteilte er kurze Texte, zu denen jeder Teilnehmer seinen Kommentar abgeben sollte: „Schreiben Sie einfach, was Ihnen in den Sinn kommt. Jeder Gedanke, auch wenn er Ihnen noch so abwegig erscheint, ist willkommen."

Danach sollten wir unsere Motivation für den Kurs nennen. Ich hatte das Gefühl, Herr Günther gab uns heimlich eine Note für unsere

Antworten. Deswegen sagte ich selbstbewusst, als ich an der Reihe war: „Ich werde einen Roman schreiben." „Ich *möchte* einen Roman schreiben", erschien mir nicht zielstrebig genug, während „ich werde schreiben" sich nach einem festen Willen anhörte.

„Oho", rief meine Nachbarin Romy Schneider bewundernd. Zumindest meinte ich einen bewundernden Ton herauszuhören, was mich einen dankbaren Blick auf ihre tadellose Figur werfen ließ. Sie heißt übrigens wirklich Romy Schneider, eigentlich zwar Rosemarie, aber sie besteht auf Romy. Ich beschloss, sie in der Pause nach ihrer Adresse zu fragen. Herrn Günthers Kommentar zu meinem Romanvorhaben beschränkte sich auf „Aha", was mich zugegebenermaßen ein wenig kränkte.

Dann dunkelte er zur allgemeinen Überraschung den Raum ab. „Sie hören jetzt alle möglichen Geräusche, angenehme und unangenehme. Manche werden Sie vielleicht erschrecken. Ihre Aufgabe ist es, zu jedem Geräusch ein Wort zu schreiben, das Ihr Gefühl in diesem Moment so exakt wie möglich wiedergibt."

Ob ich in diesem Kurs richtig war? Das war doch alles Firlefanz. Spannend wurde es erst, als Jo Grasser, ehemals Richter am Landgericht, sich mit dem Kursleiter in die Haare bekam, weil Herr Günther behauptete, nur mit regelmäßiger Arbeit, und diese nach Möglichkeit immer zur gleichen Tageszeit, ließen sich Fortschritte erzielen. Grasser hielt dagegen, die Inspiration des Dichters lasse sich nicht auf die Uhrzeit festlegen.

„Oh Gott", sagte meine Frau beim Abendessen, „ein Jurist und ein Lehrer, das kann ja nicht gut gehen. Die beiden wissen doch sowieso immer alles besser." Da hat sie sicher Recht, aber ich habe aus der ersten Stunde immerhin mitgenommen, dass ich nun morgens zwischen neun und zwölf am Schreibtisch meine Ruhe brauche und auch nicht mehr in den Supermarkt fahren kann, um mal eben einen Kopfsalat oder Remouladensoße zu besorgen.

Der zweite Kurstag begann damit, dass die Teilnehmer beschlossen, sich zu duzen. Aus nur mir bekannten Gründen habe ich etwas dagegen, dass man mich mit meinem Vornamen anredet. Also bat ich darum, mich einfach Rogalla zu nennen, zugegeben eine Macke, die mich oft in die Ecke eines Sonderlings rückt. Aber was soll's?

Herr Günther lehnte es ab, in seinem Kurs geduzt zu werden. Eine gewisse Distanz zwischen Schüler und Lehrer hielt er für unabdingbar, um seinen Worten Gewicht zu verleihen. „Ihm fehlt nur das nötige Selbstbewusstsein", flüsterte mein Nachbar zur Rechten. Als hätte Herr Günther diesen Vorwurf gehört, wurden wir daraufhin richtig gefordert. Es ging um den Verlust des kreativen Stroms und seine Bewältigung.

Schwierig, schwierig, wenn einem nichts einfallen will. „Wir machen es uns nicht einfach, sondern versuchen, das Problem sozusagen von innen anzugehen. Dadurch erhalten wir eine ganz andere Sicht der Dinge. Sehen, hören, riechen, fühlen und dann gestalten", sagte Herr Günther. Darauf wäre ich allein nie gekommen, aber dafür ist er ja schließlich unser Lehrer, dass er uns auf unbekannte Pfade hinweist. Und dann betont er immer wieder das *innere Auge*, auch wenn ich jetzt, nach fast sechs Wochen, noch nicht ganz verstanden habe, was er damit meint.

Letzte Woche hat er mich gelobt, dass ich ein Gefühl für die Wiederkehr von Klängen habe, als wir möglichst viele Wörter mit dem gleichen Laut zu wohlklingenden Sätzen formen sollten. Ich schrieb: Die Hummeln summen und brummen im Sommerwind. „Seit wann brummen Hummeln denn?", fragte meine Frau, als ich ihr vor dem Unterricht meine Lautmalerei vortrug. Es hat keinen Zweck, meiner Frau das mit der Klangwiederholung erklären zu wollen. Ich merke, dass wir uns allmählich auseinanderentwickeln. Wenn ich nur an ihre Reaktion denke, als ich ihr beizubringen versuchte, was eine Metapher ist. „Ich weiß, was eine Metapher ist", fauchte sie, konnte mir aber auf Anhieb kein Beispiel nennen.

Ich gebe zu, ich kannte das Wort, wusste jedoch nicht viel damit anzufangen, bis Romy eines Tages eins ihrer Gedichte vortrug, in dem viel von Winter, Kälte und Einsamkeit die Rede war. „Ich bewahre die Erfahrungen meines Lebens in einem Eisschrank auf", las sie mit belegter Stimme. Was sollte man sich darunter vorstellen? Da sich in ihrem Gedicht nichts reimte und dann noch dieser alberne Satz am Schluss stand, sagte ich, sie habe sich wohl nicht genügend Zeit genommen, um das Gedicht zu überarbeiten. So sei es jedenfalls nicht verständlich. Da hätten Sie aber mal Romy hören sollen. „Du hast ja keine Ahnung, Rogalla. Die Metapher ist eindeutig und mein Text nicht so platt wie deine brummenden Hummeln." Ich beschloss, mich in der nächsten Stunde nicht wieder neben Romy zu setzen. Ihre Figur ist außerdem nicht ganz so tadellos, wie ich in der ersten Stunde glaubte. Und dann gab Jo noch seinen Senf dazu und dozierte, das mit dem Eisschrank sei eben keine ausgetretene Metapher, sondern eine kreative.

Zuhause schlug ich das Wort im Lexikon nach und versuchte, es beim Frühstück meiner Frau mit einem Beispiel klar zu machen. Aus Romys Gedicht zitierte ich: „Mein Abendessen ist kalt. Das Schneegestöber meiner Gefühle wirbelt eisige Flocken in mir auf." Brigitte sah mich nur an mit diesem fragenden Blick von oben nach unten und meinte nach einer Pause: „Mein Kaffee ist warm, und ich würde ihn gern in Ruhe trinken. Und wenn du schon von Flocken redest, wir brauchen Haferflocken, Milch und Gemüse. Es wird höchste Zeit, dass du mal wieder in den Supermarkt gehst."

Zum Ersten, zum Zweiten ...

„ ... und zum Dritten." Der Hammer des Auktionators schlug hart auf das Pult auf. Das bedeutete, dass ich mal wieder leer ausgegangen war, dass nicht ich, sondern dieser unangenehme Typ zwei Reihen vor mir den Zuschlag bekommen hatte. Was wollte der mit einer frühen Balzac-Ausgabe?! Konnte der überhaupt Französisch? Manche Leute stellen sich ja Bücher nur zum Angeben in das Regal, nach Möglichkeit ins Wohnzimmer, damit jeder Besucher sie sieht und der Besitzer den armen Unwissenden mit auswendig gelernten Vorträgen über Werk und Autor beeindrucken kann. Bei dem Typen da vorne konnte ich mir das gut vorstellen. Einfach ein unsympathischer Mensch, dem es egal war, dass das Buch bei einem anderen Bieter im Saal sicher besser aufgehoben wäre. Und dieser andere Bieter war ich.

Schlecht gelaunt verließ ich das Auktionshaus Weyers und ging zu Barto, um mich mit einem Gläschen Rotwein zu beruhigen. Barto ist ein begnadeter Wirt. Er hört zu, gibt Ratschläge — „Rogalla, mein Freund, du klebst einfach das Schlüsselloch seines Autos zu oder rufst seine Frau an und erfindest pikante Geschichten über ihn." — Dass ich den Mann, an dem ich mich rächen sollte, gar nicht kannte, spielte keine Rolle. Barto goss mir ein Gläschen nach dem anderen ein, und ich vergaß langsam meinen Ärger. Schließlich machte ich mich, ein wenig wacklig auf den Beinen, auf den Heimweg, da ich noch den Eintopf auf den Herd stellen musste, bevor meine Frau nach Hause kam.

Sollte ich ihr beichten, dass ich wieder mal zur Versteigerung gegangen war? Ich hatte ihr hoch und heilig versprochen, meine Leidenschaft in den Griff zu bekommen. Aber kaum kündigte ein Brief die Frühjahrs-, Sommer- oder Herbstauktion an, gerieten meine guten Vorsätze ins Wanken und spätestens nach zwei Tagen tapferen Ausharrens setzte ich mich an den Computer und blätterte im Internet im Auktionskatalog. „Anschauen kostet doch nichts", sagte ich zu meiner Frau. „Ich erfreue mich nur an den kuriosen Dingen, die die Leute zur Versteigerung bringen." „Und findest immer etwas, das du gern hättest." Meine Frau lächelte wissend. Solange sie lächelte, war alles in Ordnung, aber wenn sie mich spät abends immer noch vor dem Bildschirm erwischte, wie ich mich für altes chinesisches Porzellan begeisterte, indische Miniaturen aus dem 18. Jahrhundert entdeckte oder eine formvollendete Jugendstillampe, dann zog sie ihre Augenbrauen hoch, und das bedeutete: „Rogalla, wir haben kein Geld für solche Extravaganzen, der Katalog bringt dich nur in Versuchung."

„Ich werde der Versuchung widerstehen", sagte ich mir selbstbewusst und machte mich, während meine Frau in der Schule war und mit einem plötzlichen Auftauchen ihrerseits nicht zu rechnen war, auf den Weg ins verbotene Paradies, nämlich zur Vorbesichtigung der Objekte, die versteigert wurden. Schließlich musste ich mich vergewissern, ob die Gegenstände, die im Katalog meine Begehrlichkeit geweckt hatten, meiner kritischen Betrachtung standhielten. Zu manchen der ausgestellten Stücke hatte ich bis zum Tag der Auktion bereits eine so innige Beziehung hergestellt, dass ich einfach mitbieten musste. So füllte sich denn langsam aber sicher unsere Wohnung mit den seltsamsten Dingen, ob indische Elefanten als Buchstütze, eine Zigarettenspitze aus Elfenbein für meine Nichtraucherehefrau, ein Jesuskind mit echten Haaren, eine chinesische Truhe aus Kampferholz oder ein Toilettenstuhl, der meine Frau die Hände über den Kopf zusammenschlagen ließ. Wenn ein Mitbieter den Zuschlag erhielt, was oft genug geschah, konnte ich nächtelang nicht schlafen und überlegte: warum er und nicht ich? Dabei war die Antwort ganz einfach: Er hatte mehr Geld als ich.

Vier Mal im Jahr geriet ich in diesen Ausnahmezustand, der zwei Wochen anhielt. Jetzt war es wieder einmal so weit. Nachdem die Weyersche Herbstauktion erfolglos für mich zu Ende gegangen war und Barto mir über den schlimmsten Ärger hinweggeholfen hatte, sah ich mit neuer Hoffnung der Versteigerung bei Böttinger entgegen. „Ich weiß nicht, wozu unsere Stadt zwei Auktionshäuser braucht", sagte meine Frau kopfschüttelnd. „Und dann machen sie sich auch noch gegenseitig Konkurrenz, indem Böttinger eine Woche nach Weyers seine Einlieferungen versteigert." Meine Frau versteht nichts von diesen Dingen, da sie ganz in ihrem Lehrerberuf aufgeht. Gott sei Dank, denn so fragt sie nicht zu viel nach und bekam deswegen auch nicht mit, dass ich im Böttinger-Katalog eine Sensation entdeckt hatte. Mein Herz begann heftiger zu schlagen, wenn ich mir nur das Foto anschaute.

Ich sah ihn schon in voller Schönheit auf meiner Kommode stehen, die Füße befestigt auf einem Ast aus Birkenholz, den ich wohl etwas begradigen müsste, denn er hatte, wie es schien, vorher an einer Wand gehangen. Die Schwanzfedern würden majestätisch über die Ränder meiner Kommode hinausragen, der Kopf mit dem Krönchen auf mich gerichtet. Er war ein Prachtstück. Mein Pfau! Der schönste, den ich je gesehen hatte. In Gedanken gehörte er vom ersten Moment an mir, und ich würde ihn mir von niemandem streitig machen lassen. Von niemandem.

Ich wartete ungeduldig, bis ich am Montag die Vorbesichtigung begann. „Verbring nicht den ganzen Morgen am Schreibtisch, sondern geh an die frische Luft", ermahnte mich meine Liebste fürsorglich, bevor sie das Haus verließ. Das ließ ich mir nicht zweimal sagen, so dass ich nicht einmal das Gefühl hatte, meine Frau zu hintergehen, als ich flotten Schrittes durch den Park ging, die frische Luft wie befohlen tief einatmete, und bald darauf das Auktionshaus Böttinger vor mir sah. Ich musste nur noch den Parkplatz überqueren, dann würde sich die Wunderwelt vor mir auftun.

Ein Auto hupte, drängte mich an die Seite und fuhr so weit wie möglich nach vorne vor. Ein Mann im Lodenmantel stieg aus, setzte seinen Hut auf und ging vor mir her zum Eingang. Den kannte ich doch … Das war doch … Mit einem Schlag war es mit meiner guten Laune vorbei. Das war der Mann, der mir in der letzten Woche den Balzac weggeschnappt hatte. Dass der schon wieder da war. Hatte der nichts anderes zu tun, als auf jede Auktion zu laufen? Der Lodenmantel ließ darauf schließen, dass er zur der adligen Klientel gehörte, die mit Vorliebe altes Silber und teures Porzellan erstand. Die zugehörigen Frauen trugen ebenfalls etwas Wollenes, auf keinen Fall Supermodisches, unauffälligen Schmuck, vielleicht eine schlichte Perlenkette oder Perlohrstecker. Der Auktionator kannte sie alle, da sie nicht nur regelmäßig in den vorderen Reihen Platz nahmen, sondern sich auch während der Vorbesichtigung kenntnisreich nach Details erkundigten.

Doch dieser Lodenmantelmensch war anders. Er hatte bei der letzten Auktion nicht nur den Balzac ersteigert, sondern auch eine balinesische Maske und römische Münzen. Damit war er in mein Hoheitsgebiet eingedrungen, nämlich in die Rubrik „Varia", die im Katalog alles versammelte, was nicht besonders wertvoll war, dafür aber den Reiz des Ausgefallenen, manchmal Skurrilen hatte.

Wir betraten fast gleichzeitig den Ausstellungsraum und wurden wie immer von klassischer Musik empfangen. Als der Besitzer des Auktionshauses uns entdeckte, kam er auf uns zu und begrüßte uns lächelnd: „Herr Ludwig, Herr Rogalla. Schön, Sie wieder bei uns zu sehen." Es entging mir nicht, dass er Herrn Ludwig — so hieß also der Mann im Lodenmantel —, zuerst begrüßte und ihn auch länger ansah. Aber das erklärte sich wahrscheinlich daraus, dass Herr Ludwig zu den guten Kunden des Hauses zählte, und ich oft genug Rücksicht auf meinen Geldbeutel nehmen musste. Das hatte allerdings auch den Vorteil, dass ich nicht zur Teilnahme an einer längeren Konversation verpflichtet war, die Herr Ludwig gerade mit einer Frage nach dem „exquisiten" Barockschrank aus Franken begann.

Um meine Vorfreude auf den Pfau zu steigern, zwang ich mich, zuerst einen Blick auf die anderen Ausstellungsstücke zu werfen. Ein sinnloses Unterfangen. Ich ertappte mich, wie ich immer wieder in Richtung Fenster zum Garten schielte, wo man das Tier dekorativ auf eine Biedermeierkommode gestellt hatte. Schließlich gab ich es auf, mich selbst zu kasteien, und ging mit klopfendem Herzen auf mein Wunschobjekt zu. Das prächtige Gefieder schimmerte blau-grün-golden im Sonnenlicht, das durch das Fenster fiel. Wie eine Schleppe hingen die Schwanzfedern herab und bildeten ein einzigartiges Muster. Kein Maler würde in der Lage sein, dieses tiefe Blau im Inneren des Pfauenauges, das in ein irisierendes Grün überging, wiederzugeben. Ich konnte mich nicht von so viel Schönheit losreißen und verstand, warum der persische Dichter Saadi einzig die Pfauenfeder für würdig hielt, als Lesezeichen im Koran zu liegen.

Bildete ich es mir ein, oder schaute das Tier mich an, als wolle es sagen: „Wir verstehen uns. Nimm mich mit." „Rogalla", schalt ich mich, „sei vernünftig und sieh erst mal nach, ob alles in Ordnung ist. Vielleicht fehlen auf der Rückseite Federn, oder vielleicht rieselt es schon, wenn man den Pfau bewegt." Aber der Präparator hatte gute Arbeit geleistet. Das Wort *ausgestopft* wollte ich nicht in den Mund nehmen, es war für dieses Tier zu banal. Ebenso wie der Preis, den Böttinger als Limit festgelegt hatte: Lächerliche 150 Euro.

Ich blätterte noch einmal im Katalog, um mich zu vergewissern, dass ich mich nicht verlesen hatte. Der Preis stimmte. Nahm ich einmal an, dass drei Leute mitbieten würden und der Zuschlag bei vielleicht 300 oder 400 Euro erteilt würde, ... Bei dem Gedanken verflog mein Hochgefühl. Über eine Anschaffung über 400 Euro wurde in unserer Ehe stets gemeinsam abgestimmt. Mit Recht, da meine Frau das Geld nach Hause brachte. Da nützte es auch nichts, dass ich gerade ein paar Euro für einen Artikel in unserer Lokalzeitung bekommen hatte. Es würde nicht reichen.

Mich beschlich wieder das Gefühl der Ungerechtigkeit dieser Welt. Aber gleichzeitig flackerte Widerstand in mir auf. Ich wollte der Besitzer dieses schönen Tieres werden. Warum sollte ich mich so schnell unterkriegen lassen? Niemand schien sich für den Pfau zu interessieren; vielleicht war ich der einzige Bieter. Bis jetzt hatte ich niemanden nähertreten sehen, der als Konkurrent in Betracht gekommen wäre. Wer hatte denn auch schon Platz in der Wohnung für einen zwei Meter langen Vogel. Den Gedanken, dass es bei mir selbst auch zu eng war, ließ ich gar nicht erst aufkommen. Ich würde alles, was im Wege stand, wegräumen.

Ich ging weiterhin vor dem Vogel auf und ab, strich ihm über die Brust, wenn das Aufsichtspersonal nicht in der Nähe war, und nannte ihn leise Richi, wie meinen Vetter, den Frauenverführer. Allmählich wurde ich einem der Aufseher wohl suspekt, denn er fragte mich: „Was ist denn so Besonderes an dem ausgestopften Vogel?" Da merkte ich, dass ich es hier mit Banausen zu tun hatte, was mich eher beruhigte, denn wenn alle so dachten, brauchte ich bei der Versteigerung keinen Mitbieter zu fürchten.

Bevor ich den Raum verließ, warf ich noch einen letzten Blick zurück und erstarrte. Vor meinem Pfau stand Herr Ludwig und drehte ihn gerade etwas nach links, wahrscheinlich um zu sehen, wie er von der Seite aussah. Was interessierte dieser unsympathische Mensch sich für meinen Pfau? Ich ballte die Fäuste in meiner Hosentasche.

Sollten diese Lodenmanteltypen doch bei ihrem Silber und antiken Möbeln bleiben. Aber nein, ihre Sammelleidenschaft kannte keine Grenzen. Wahrscheinlich hatte Herr Ludwig eine Burg, lebende Pfauen im Park und Platz genug, um auch noch in der Eingangshalle ein totes Exemplar aufzustellen oder über der Treppe an die Wand zu hängen. Das würde ich zu verhindern wissen. Was hatte Barto gesagt? „Rogalla, kleb ihm das Schlüsselloch seines Autos zu."

Im Gegensatz zur letzten Woche kannte ich jetzt das Auto; es stand vorn auf dem Parkplatz, ein alter Golf. Für einen Burgbesitzer etwas ärmlich, aber es gehörte sicher seiner Frau, die damit auf die Ländereien fuhr. Würde ein zugekleistertes Schlüsselloch ihn davon abhalten, den Pfau zu ersteigern? Wohl kaum. Bartos zweiter Vorschlag, seiner Frau ein paar pikante Geschichten über ihren Ehemann zu erzählen, war mir nur im reichlich angetrunkenen Zustand brauchbar erschienen. Ich merkte, ich musste erst ein Gläschen Rotwein trinken, um mich zu beruhigen, und dann mit Barto eine kluge Strategie gegen Herrn Ludwigs Pfauenkauf erarbeiten. Ich wurde bestärkt in meiner Absicht, als der Konkurrent im Lodenmantel jetzt auch noch den Auktionator zu sich heranwinkte und sich mit ihm besprach. Ein Dutzend Warnlampen leuchteten in meinem Kopf auf. Höchste Zeit, einen Plan zu entwickeln.

Bartos Kneipe war kurz vor Mittag noch ziemlich leer, so dass mein Freund sofort auf mich zukam, kaum dass ich an der Theke saß: „Rogalla, alter Freund, ich sehe dir an, irgendwas stimmt nicht. Cosa c'è? Was ist los?" Ich erklärte ihm aufgeregt mein Problem. „Oh, das ist leicht zu lösen", sagte er ganz entspannt. „Du lädst deinen Herrn Ludwig am Freitagabend hierher ein, ich gebe ihm etwas ins Essen, nicht zu viel, so dass er am Samstag Durchfall hat und nicht zur Versteigerung gehen kann. Capito?" „Bartolomeo" rief ich lauter als beabsichtigt. Ich nenne ihn immer bei vollem Namen, wenn eine unserer Diskussionen in Streit überzugehen droht. „Das ist kein Spaß! Also lass uns ernsthaft überlegen, wie wir den Mann vom Ersteigern abhalten können." „Hast du seine Adresse, Telefonnummer?" „Nein." „Dann geh sofort zu seinem Auto und hefte einen Zettel unter die Windschutzscheibe: Ich möchte Ihr Auto kaufen, biete — wie alt ist das Auto? Etwa 15 Jahre meinst du? — ... Also schreibst du:

Ich biete 8000 Euro. Bei dem Preis wird er anbeißen und dich anrufen. Dann könnt ihr euch verabreden." „Und was sage ich ihm, wenn er wirklich anruft? Ich will doch sein Auto gar nicht kaufen." Ich beneidete Barto, für den das Leben so einfach war. „Mein Gott, Rogalla", sagte er verständnislos. „Verstehst du denn nicht? Wenn er dich anruft, hast du seine Telefonnummer, und dann kannst du im Internet leicht seine Adresse rausfinden." „Und dann?" „Dann stellst du ein Schild vor sein Haus: Wohnung zu vermieten. Besichtigung Samstag — wann wird dein Pfau aufgerufen? Gegen elf? — , also Besichtigung von 10 bis 12 Uhr. Was meinst du, wie viele Leute vor seinem Haus stehen. Der geht dann sicher nicht zur Versteigerung." Barto redete sich allmählich in Begeisterung. Seine Vorschläge wurden immer ausgefallener, aber leider auch immer weniger brauchbar.

Innerlich aufgewühlt schlich ich nach Hause, zermartete mein Gehirn, wie ich meinen Konkurrenten am Samstag vom Auktionshaus fernhalten könnte, kam aber zu keinem Ergebnis. Meine Frau konnte ich nicht einweihen. Ich sah ihr verständnisloses Gesicht vor mir: „Einen Pfau willst du ersteigern? Einen ausgestopften Pfau? Rogalla, komm zurück auf die Erde." Schon bei der Vorstellung, dass sie ‚ausgestopft' sagen könnte, drehte sich mir der Magen um.

Der Montag verging, auch der Dienstag brachte keine Lösung; am Mittwochmorgen hielt ich es nicht mehr aus und ging noch einmal zur Vorbesichtigung. Vielleicht würde der Anblick meines Pfaus mich auf eine Idee bringen. Wieder bewunderte ich seine stolze Haltung, seine schillernden Brustfedern, seine königliche Schleppe, die auch im trüben Herbstlicht nichts an magischem Glanz verloren hatte. Ein paar Besucher blieben stehen, warfen einen Blick auf das Tier und gingen weiter zu den Möbeln, Bildern und Teppichen. Bildete ich es mir ein, oder versteckte sich hinter ihrem Blick der Wunsch, den Pfau zu besitzen. Vielleicht taten sie nur desinteressiert und hatten in Wirklichkeit längst ein schriftliches Vorgebot abgegeben, das ihnen erlaubte, Samstag zuhause zu bleiben. Warum war ich nicht längst darauf gekommen? Vielleicht hatte auch Herr Ludwig schriftlich mitgeboten, weil er am Samstag etwas vorhatte. Dann war es für mich ein Leichtes, ihn zu überbieten.

Das Problem war nur, dass mir niemand Auskunft über das höchste Vorgebot geben durfte. Mit einem vieldeutigen Lächeln empfahl mir die Frau des Auktionators: „Ich kann Ihnen nur eins sagen: Bieten Sie mit. Der Pfau ist ein Vielfaches des Katalogpreises wert." Auch das noch. Ich wollte ihn doch nicht wegen des materiellen Wertes. Aber sicher hatte Herr Ludwig sich längst schlau gemacht. Nicht umsonst hatte er so lange mit dem Auktionator gesprochen.

Zuhause schaute ich vorsichtshalber nach, was so ein „Tierpräparat" kostete. Als ich den Preis sah, mindestens 1000 Euro, war mir klar, dass Herr Ludwig schon allein deswegen mitbieten würde. Er würde die Schönheit des Pfaus nicht erkennen, nicht die Aura spüren, die ihn umgab. Je länger ich darüber nachdachte, desto verzweifelter wurde ich.

Als ich mir keinerlei Rat mehr wusste, beschloss ich, meine Frau einzuweihen. Sie hörte ruhig zu, unterbrach mich nicht, bis ich zu Ende erzählt hatte und sagte dann: „Rogalla, sei vernünftig; du kannst ihn nicht ersteigern. Abgesehen vom Geld, wüsste ich nicht, wo du ihn unterbringen wolltest." Sie sagte tatsächlich ,unterbringen'. Als ob man so ein wundervolles Geschenk der Natur einfach irgendwo unterstellte. „Er wird als Blickfang auf meiner Kommode stehen", erwiderte ich starrsinnig. Es war sinnlos, mit ihr zu diskutieren. Ich stand auf und rief: „Du kannst einwenden, was du willst, ich werde am Samstag mit dem Pfau nach Hause kommen." Damit verließ ich das Zimmer.

Donnerstag und Freitag brachte ich mein Arbeitszimmer auf Hochglanz; die Kommode wartete staubfrei auf ihren hohen Gast, während eine Stehlampe den Federn Extraglanz verleihen würde. Der Pfau wurde zwischen meiner Frau und mir nicht mehr erwähnt. Zur Beruhigung meiner Nerven trank ich am Abend vor der Auktion ein paar Gläschen Wein und langte auch beim Rindfleisch mit Zwiebelsoße, meinem Lieblingsgericht, ordentlich zu. Dann stellte ich den Wecker auf sieben Uhr, damit ich mich am nächsten Tag in Ruhe auf den großen Moment vorbereiten konnte.

Mitten in der Nacht weckten mich Magenschmerzen. Zu viel Zwiebelsoße sagte ich mir und versuchte wieder einzuschlafen. Unmöglich. Die Schmerzen wurden stärker, mein Bauch rumorte, bis ich wie der Blitz aus dem Bett sprang und auf die Toilette rannte. Das durfte nicht wahr sein. Doch nicht heute, an diesem wichtigen Tag. Die Auktion konnte ich vergessen, denn ich bewegte mich den ganzen Morgen kraftlos zwischen Bett und Toilette. Meine Frau strich mir besorgt über die Stirn und brachte mir Tee. „Kann ich dich in deinem Zustand allein lassen?", fragte sie. Ich nickte kraftlos. Sie brauchte keine Angst zu haben, dass ich mich auf den Weg zu Böttinger machte. Herr Ludwig hatte gewonnen.

Meine Frau kam in bester Laune nach Hause. „Ich muss eine Klassenarbeit korrigieren, und ich möchte nicht gestört werden", sagte sie, lächelnd wie Mona Lisa, bevor sie die Schlafzimmertür hinter sich zuzog. „Wie sie sich freut, dass ich die Auktion verpasst habe", dachte ich beleidigt und kroch unter die Bettdecke. Ich hörte noch, wie die Haustür kurz darauf knarrte, hörte eine Stimme, die mir irgendwie bekannt vorkam, dann schlief ich ein.

Als ich abends aufwachte, ging es mir besser. „Kannst du aufstehen?", fragte meine Frau. Ich antwortete nicht, weil ich ihr immer noch verübelte, dass sie gut gelaunt nach Hause gekommen war, während ich so einen herben Verlust hinnehmen musste. „Komm, hilf mir mal die Bücherkiste in dein Zimmer zu stellen", sagte sie, schon wieder mit diesem ungewohnten Lächeln. Konnte sie nicht warten, bis ich wieder ganz fit war? Ich gehorchte widerwillig, hob die Kiste und öffnete mit dem Ellbogen die Tür zu meinem Arbeitszimmer.

Und da stand er in voller Pracht, angestrahlt von der Stehlampe — mein Pfau. Seine Schwanzfedern weit über die Kommode hinaus ausgebreitet, sein Kopf stolz ins Zimmer gerichtet, seine Brust ein leuchtendes Blau. Ich verstand nichts mehr.

Meine Frau schien meine Verwirrtheit zu genießen. Mir fehlten die Worte, um Fragen zu stellen. „Wie?" stammelte ich. „Woher hast du…?" Schließlich erbarmte sie sich meiner. „Du weißt, ich wollte den Vogel nicht im Haus haben, und um dich an der Versteigerung zu hindern, habe ich dir am Freitag etwas in dein Essen getan. Bartos Vorschläge haben mich auf die Idee gebracht. Dann bekam ich ein schlechtes Gewissen, vor allem weil ich spürte, dass du dein Herz an dieses Tier gehängt hattest. Also beschloss ich, selbst zur Auktion zu gehen, um mir den Vogel anzusehen." „Und?" „Als ich den Pfau auf der Barockkommode sah, dachte ich nur: Traumhaft schön, aber viel zu groß für unsere Wohnung." „Und du hast ihn trotzdem ersteigert?" „Ich entdeckte in der zweiten Reihe deinen Herrn Ludwig, genau wie du ihn beschrieben hast, im Lodenmantel, sein Hut neben ihm. Da erwachte in mir das Jagdfieber. Dem würde ich's schon zeigen. Was der konnte, konnte ich längst. Er würde den Pfau nicht bekommen." Das Gefühl kannte ich zu Genüge. Das wurde teuer. „Da ich viel zu früh gekommen war, musste ich warten, bis alle Möbel versteigert waren. ‚Losnummer 925' rief der Auktionator, ‚eine wunderschöne Barockkommode.' Auf dem Bildschirm erschien die Kommode, auf der der Pfau stand." Ich zitterte. Was würde jetzt kommen? Brigitte machte absichtlich eine Pause. „Herr Ludwig hob seine Bieternummer und bekam den Zuschlag für das teure Möbelstück. Dann stand er auf und verließ den Saal."

Meine Frau entdeckte ein paar Flusen auf meinem Pullover, hängte ein Bild gerade und putzte ihre Brille, bis sie endlich weiterredete: „Tja, und als dein Pfau an der Reihe war, gab es keinen Konkurrenten, so dass ich ihn zum Mindestgebot bekommen habe." Brigitte strahlte. „Der Auktionator hat mir gratuliert: ‚Ein Schnäppchen, gnädige Frau.' Das war ein tolles Gefühl, Rogalla, als hätte ich in einem Wettkampf gesiegt." Brigittes Wangen hatten sich rot gefärbt. Ihre Augen glänzten, als sie stolz auf den Pfau schaute. „Barto hat ihn in seinem Lieferwagen hergebracht." Dann fragte sie wie nebenbei: „Wann ist denn die nächste Auktion?"

Yoga mit Rüdiger

Meine Frau betrachtete mich mit diesem forschenden Blick, der nichts Gutes verhieß. Zu oft hatte ich die Erfahrung gemacht, dass ihr dabei Ideen kamen, die mein eingefahrenes Alltagsleben nicht nur durcheinanderbrachten, sondern es regelrecht umkrempelten. So bin ich – alles eine Folge dieses Blicks – zum Spezialisten für Einkäufe im Supermarkt geworden; meine Texte hefte ich neuerdings in Ordnern ab und horte sie nicht mehr einfach in Schubladen; ich bügele Hemden und Unterwäsche faltenfrei — was mein Freund Barto ziemlich unmännlich findet —, und bin sogar für eine Weile in einen creative writing-Kurs gegangen, obwohl ich dort völlig unterfordert war.

„Du musst etwas für deine Figur tun", sagte Brigitte nach einiger Zeit. Aha, dieses Mal ging es also ums Essen. Wahrscheinlich hatte die Metzgersfrau sich wichtigtun wollen und hatte erzählt, dass ich heimlich ihre viel gepriesenen Schmalzbrote kaufe. Verräterin! Meine Frau strich prüfend über meinen Bauch, kniff kurz in meine Taille, besser gesagt, dahin, wo sie sie vermutete, und sagte entrüstet: „Das hier ist einfach zu viel." Ein weiterer kritischer Blick, dann das Urteil: „Und zu schlaff. Mein Lieber, so habe ich dich nicht geheiratet." Ich versuchte sofort, den Bauch einzuziehen, aber das Ergebnis war wenig beeindruckend. Was erwartete meine Frau denn? Sie wusste doch, wann wir geheiratet hatten. Da war ich tatsächlich schlanker, aber der Körper verändert sich nun mal; das musste auch ihr bekannt sein. Ich sagte lieber nichts, denn ich wollte sie auf gar keinen Fall durch Widerspruch in ihren Absichten bestärken.

„Rogalla", sagte meine Frau heuchlerisch sanft, „das Beste wäre, du gingest in ein Fitnessstudio. Da purzeln die Pfunde von allein." Um Himmels willen. Ins Fitnessstudio. Schlimmer hätte es nicht kommen können. Wenn ich eine Erfindung auf Erden für überflüssig halte, dann diese Einrichtung. Schon allein die Vorstellung, in kurzen Hosen und Achselhemd auf ein Laufband steigen zu müssen, verursacht mir Bauchschmerzen. Ich konnte nicht mehr an mich halten: „Auf keinen Fall. So ein Fitnessstudio wäre mein Tod. Meine kreativen Kräfte würden untergehen wie die Titanic vor dem Eisberg." Meine Frau lächelte nur über den Vergleich mit der Titanic, das hieß, sie verstand das Bild mit dem drohenden Eisberg und die dahinterstekkende Panik nicht. „Übertreib nicht gleich, Rogalla", verwarf sie meinen Einwand. Ich versuchte, mich zu verteidigen: „Ich bin sicher, dass diese stupiden Übungen dort jegliche Phantasie zum Erliegen bringen. Ich würde keine Zeile mehr schreiben können und verkümmern wie ein Vogel im Käfig." Brigitte zeigte sich wenig überzeugt von meiner Argumentation, legte aber den Zeigefinger auf ihr Kinn und zog die Augenbrauen fragend hoch, stets ein Zeichen, dass sie nachdachte. Vielleicht fiel ihr etwas weniger Unangenehmes ein, vielleicht brauchte ich nur ein paar Tabletten, die die Werbung überall anbot.

„Wie wäre es denn mit Yoga?" Auf alles wäre ich gekommen, auf Pulver zum Abnehmen, auf strenge Diät, auf Laufen vor dem Frühstück, aber nicht auf Yoga. Ich dachte an dürre, indische Männer, die auf einem Bein und mit erhobenen Armen auf einer Matte stehen oder zirkusreife Verrenkungen machen. „Willst du mich nach Indien abschieben?", fragte ich und beobachtete das Minenspiel meiner Frau, um ihre Gedankengänge zu ergründen. „Rogalla, seit Jahren gibt es auch bei uns Yogalehrer. Dafür musst du nicht nach Indien abgeschoben werden." Wenn meine Frau meine Ausdrucksweise wiederholt, weiß ich, dass sie mich nicht ernst nimmt. Schon fuhr sie fort: „Yoga stärkt Körper und Geist. Du gewinnst Beweglichkeit, Kraft und Energie. Gleichzeitig verschwinden deine Polster. Das sagt zumindest Hermi, die jeden Donnerstag zum Unterricht ins Seniorenheim geht." Dass Hermi, eine Kollegin meiner Frau, einen an Körper und Geist gestärkten Eindruck machte, war mir bisher nicht aufgefallen. Überhaupt war Hermi nicht gerade meine Traumfrau. Schon allein ihr Name störte mich. Warum konnte sie sich nicht einfach Hermine nennen, wie sie wirklich hieß? Oder meinetwegen Mina wie meine Tante, die auch mit dem Namen Hermine auf Kriegsfuß stand.

„Hermi könnte dich probehalber einmal mitnehmen. Ich bin sicher, du wirst nicht wie ein Vogel im Käfig verkümmern." Meine Frau ließ nicht locker. Ich wusste, ich hatte keine Chance. Wollte ich den ehelichen Frieden nicht gefährden, blieb mir nichts anderes übrig, als einem Probebesuch zuzustimmen. „Einmal ist keinmal", redete ich mir ein und legte das Buch, das Hermi zwei Tage später vorbeibrachte, –

„damit du weißt, um was es geht" —, ungelesen zur Seite.

Pünktlich am Donnerstag um halb sechs stand eine Frau in weißem Oberteil und weiten, ebenfalls weißen Hosen vor der Tür. Ein weißes Stirnband, das mich an längst vergangene Hippiezeiten, oder doch eher an einen Krankenhausverband erinnerte, hielt die Haare zusammen. Wenigstens sorgte die lila Sporttasche, lässig über die Schulter geworfen, für einen Farbtupfer. Hermi war kaum wiederzuerkennen. Sie legte ihre Hände wie zum Gebet zusammen und flüsterte: „Namaste." „Ich dachte, wir gehen zum Yoga", sagte ich verstört. „Das tun wir doch, Rogalla." Und als sie mich verständnislos auf den weißen Anzug schielen sah, fügte sie hinzu: „Weißt du, ich ziehe mich immer schon zuhause um; im Umkleideraum ist es mir zu eng. Und überhaupt, die vielen nackten Frauen, die aus der Dusche kommen, stören meinen Schönheitssinn."

Auf was hatte ich mich bloß eingelassen? Ich hatte meinen Jogginganzug eingepackt, meine einzige Sportausrüstung, die ich besaß, und die durch nicht zu häufigen Gebrauch wie neu aussah. „Du brauchst nur etwas Bequemes", hatte Hermi gesagt, aber wenn ich sie mir so ansah, kamen mir leichte Zweifel. Deshalb war ich dankbar, als ich schließlich ein paar Männer auf das Seniorenheim zustreben sah, die wie ich mit keinerlei modischer Kleidung auf sich aufmerksam machten. Verwundert stellte ich allerdings fest, dass sie einen anderen Weg einschlugen als ich, sobald sich die Eingangstür hinter uns geschlossen hatte. „Die nehmen wahrscheinlich am Computerkurs teil", klärte Hermi mich auf und ging mir voran in den Keller. „Da hinten rechts ist die Männerumkleide. Wenn du fertig bist, treffen wir uns im Gymnastikraum. Schuhe brauchst du übrigens nicht." Schon verschwand sie hinter einer Tür, um ihre eigenen Schuhe abzustellen.

Zu meiner Verwunderung gab es nur zwei Männer im Umkleideraum. Wo waren denn die anderen? Ich war doch dank Hermi überpünktlich. Vielleicht waren sie schon im Gymnastikraum und wärmten sich auf. „Beeil dich etwas, Wolfgang; wir kommen zu spät", rief der ältere der beiden. Aber Wolfgang ließ sich Zeit. Hermi, die bereits ein halbes Jahr hierher kam, hätte wirklich im Flur auf mich warten können, damit ich nicht allein in diese unbekannte Welt eintreten musste. So blieb mir nichts anderes übrig, als mit klopfendem

Herzen und zu eng gewordenem Jogginganzug mein Schicksal anzunehmen.

Ich hatte vergessen, Hermi zu fragen, wie viele Personen an ihrem Yogakurs teilnahmen, und war deshalb einigermaßen überrascht, als ich nur Frauen sah, die mich neugierig von ihren Matten aus musterten, ein Handtuch und etwas undefinierbares Gelbes auf dem Boden neben sich. Im Hintergrund eine Spiegelwand, die alles verdoppelte. Kein einziger Mann, wie ich bald feststellte. Ich hätte die Flucht ergriffen, wenn nicht Hermi aufgesprungen wäre, um mir einen Stapel Matten zu zeigen und eine Kiste mit Decken. Aha, das waren die gelben Päckchen, die die Frauen neben sich liegen hatten. „Nimm dir beides und such dir schon mal einen Platz", sagte Hermi. „Gibt's hier keine Männer?", fragte ich besorgt. „Doch, doch," beruhigte mich Hermi, „Wolfgang und Klaus." In dem Moment öffnete sich die Tür und die beiden Männer aus der Umkleide kamen herein, gefolgt von Jesus, der gerade dem Himmel entstiegen war. Mir fiel vor Überraschung die gelbe Decke aus der Hand. Wolfgang hatte, wie es schien, seinen Schlafanzug angezogen, während Klaus eine kurze Fußballhose und ein Hemd von Adidas trug, dazu Anzugsocken. Vielleicht musste er anschließend nochmal ins Büro. Jedenfalls wären die beiden überall aufgefallen, wenn nicht der Mann hinter ihnen alle Blicke auf sich gezogen hätte.

Über den Betten meiner Eltern hing ein Bild „Jesus wandelt mit den Jüngern durch ein Kornfeld." Dieser Jesus hatte mit seinen langen braunen Haaren, den mädchenhaften Wimpern und dem dünnen Bärtchen so viel Ähnlichkeit mit dem Yogalehrer, dass ich meine Augen nicht von ihm abwenden konnte. Auf dem Bild meiner Eltern trug Jesus ein weites, weißes Oberteil, der Rest wurde vom Kornfeld verdeckt. Jetzt war ich mir sicher, dass er untenherum eine weiße Yogahose trug.

Hermi winkte mich heran, um mich vorzustellen. „Rogalla, das ist Rüdiger, unser Yogalehrer. Er weiß, dass du heute zur Probe hier bist." „Namaste", sagte Rüdiger, „herzlich willkommen." Ich war versucht, ihm auf Englisch oder Italienisch zu antworten, die beiden Sprachen, in denen ich mich hinlänglich unterhalten kann. Mein Französisch reicht nur, um Frauen ein paar Komplimente zu machen.

Aber schon redete Rüdiger weiter: „Wie kommen Sie an so einen ausgefallenen Vornamen?" Ich hatte keinerlei Lust, ihn darüber aufzuklären. An einer Antwort schien Rüdiger allerdings gar nicht interessiert zu sein, denn nun erklärte er mir, dass ich nach Lust und Laune mitmachen oder einfach zuschauen könne. Das passte mir. Eigentlich war er ganz nett, dieser Rüdiger. Er konnte ja nichts dafür, dass er so Jesusmäßig schön war. Doch als er mit einem Gummiband seine Haare im Nacken verknotete, sah er eher wie Johnny Depp aus.

Als Erstes Aufwärmübungen. Kein Problem für mich. Dazu flotte Musik und Rüdiger als Vorturner, der sich in der Spiegelwand verdoppelte. Dass sich ein Seniorenheim so einen Raum leisten konnte, alle Achtung. Die Frauen schielten überraschenderweise nicht in den Spiegel, auch nicht auf Rüdiger, sondern waren mit sich selbst beschäftigt. Sie schienen die Übungen auswendig zu kennen. Jedenfalls hoben sie ihre Arme schon in die Höhe, bevor Rüdiger mit sonorer Stimme dazu aufforderte. „Rogalla, lass bitte die Schultern unten", verbesserte er meine Haltung in freundlichem Ton. Jetzt duzte er mich schon. Ein Zeichen, dass ich in seinen Kreis aufgenommen war. Ich zog sofort die Schultern so tief wie möglich nach unten.

Dann rieselte langsame Musik aus dem Lautsprecher. „Bitte die Augen schließen und den Atem fließen lassen." Ich entschuldigte mich im Geiste bei Brigitte, dass ich so ablehnend auf ihren Vorschlag reagiert hatte. Beruhigende Musik, Augen schließen, Atem fließen lassen, dazu eine ziemlich gut gebaute Frau auf der Matte neben mir, so angenehm hatte ich mir das nicht vorgestellt; auch wenn die gut gebaute Frau keinen Blick für mich übrig hatte. Für die nächste Stunde würde ich mir eine neue Sporthose und ein flotteres Oberteil kaufen.

„Wir wiederholen heute die Übungen vom letzten Mal", sagte Rüdiger nach der Aufwärmphase, „Katze, Kobra, Hund, Kamel. Ich mache den Bewegungsablauf noch einmal langsam vor." Als bestehe sein Körper aus Gummi, glitt er von der „Katze" in die „Kobra", dann in den „Hund", dehnte und streckte sich und sank nach dem „Kamel" auf die Fersen zurück. Die Übung sah sehr einfach und leicht nachzumachen aus, obwohl ich nicht begriff, warum sie nach diesen Tiernamen benannt war.

Meine Knie knackten laut, als ich mich auf die Fersen setzte und den Bauch auf die Oberschenkel legte. „Streckt die Arme weit nach vorn und spreizt die Finger." Ich dachte an meine armen Knie und überlegte, wie ich ein wenig mogeln könnte. Aber bevor ich zu einem Ergebnis gekommen war, redete Rüdiger schon weiter. „Brustkorb und Kopf heben. Der Nacken bleibt lang." Wie oft ich diesen Satz hören sollte: Der Nacken bleibt lang. „Ellbogen heben und wie eine Katze nach vorn und unten gleiten. Nase dicht über dem Boden." Das hatte unsere Katze nie getan, aber ich glitt brav nach vorn unten. „Rogalla, nicht vergessen, Nase dicht am Boden." Konnten die andern sich das alles merken? Ich spinxte nach links, wo Wolfgang gerade tief Luft holte. „Jetzt den Po anspannen und den Oberkörper einatmend aufrichten wie eine Kobra." Bis ich wie eine Kobra aussah, war Rüdiger längst beim Hund angelangt. Ich hörte nur „Vierfüßlerstand" und „einatmend mit dem Po nach oben streben". Was war denn das für eine Ausdrucksweise? Meine Schriftstellerhaare sträubten sich.

Einatmend mit dem Po nach oben streben? Unsäglich. So ein Deutsch konnte ich Rüdiger nicht durchgehen lassen. „Darf ich mal kurz unterbrechen?" „Wir sind gleich fertig, Rogalla", sagte Rüdiger geduldig, aber mit einem Anflug von Missfallen im Gesicht. „Nein, es muss direkt sein", widersprach ich. Die Frauen schauten mich verständnislos an, als habe ich gegen ein ehernes Gesetz verstoßen, verharrten dabei aber in ihrer Hundstellung. Auch die gut gebaute Frau neben mir schüttelte den Kopf. „Rogalla, eine Übung wird nur unterbrochen, wenn du kurz vorm Zusammenbruch bist", klärte Rüdiger mich ungehalten auf. Ich traute mich nicht mehr, etwas gegen seine Redeweise einzuwenden, obwohl ich es für dringend notwendig hielt. Ich suchte nach Hermi, aber Hermi erkannte mich nicht, als ich sie entdeckte. Eins stand fest: Hier war ich das erste und das letzte Mal.

Mit meiner Konzentration war es vorbei, so dass ich mich auf die Matte setzte und mir die Haltung des Kamels auf der Spiegelwand ansah. Als Rüdiger dann auch noch sagte: „Ihr solltet diesen Bewegungsablauf sechs Mal hintereinander wiederholen, um einen geschmeidigen Body zu bekommen", sank meine Bewunderung für ihn gegen null. Ich wollte keinen geschmeidigen Body. Allein das Wort *Body* ließ mich schaudern.

Ich hatte ja keine Ahnung, dass diese Übung zu den einfachen gehörte. Niemand jammerte oder stöhnte, sondern alle hielten tapfer durch, sogar Wolfgang, der nur hin und wieder nach Luft schnappte und mir allein deswegen sympathisch war. Rüdiger sprach von frei werdender Energie, von Entspannen in der Anstrengung — was mir, nebenbei gesagt, völlig unlogisch erschien —, von der Leichtigkeit, mit der wir den Anforderungen des Lebens begegnen könnten, wenn …, ja wenn; natürlich waren Bedingungen an das Erreichen dieses glücklichen Zustandes geknüpft. Und was für welche!

Es ging weiter mit dem „Baum". Als Rüdiger da mit geschlossenen Augen auf der Matte stand, ganz in sich versunken, die Hände zum Himmel gereckt, das linke Bein hoch gezogen, hatte ich endlich das Aha-Gefühl: So hatte ich mir Yoga vorgestellt. Ich stand auf und versuchte wie Rüdiger, ein Bein hochzuziehen und den Fuß gegen den Oberschenkel des anderen Beins zu drücken. Es klappte nicht, das Bein rutschte immer wieder nach unten, weil meine Jogginghose zu glatt war und ich sofort ins Wanken geriet. Ich lehnte mich gegen die Wand, wo ich mich auf einem Bein stehend plötzlich sicher fühlte und deshalb leichtsinnig versuchte, wie die anderen die Hände gen Himmel zu heben. „Rogalla, warte, bis ich komme", rief Rüdiger, der gerade Wolfgangs Hüfte in den richtigen Winkel schob. Verschämt löste ich mich von der Wand, verlor das Gleichgewicht und fiel um, geradewegs gegen das Standbein meiner Nachbarin.

Da lagen wir nun hilflos auf dem Boden, um uns herum Mitleidsrufe, aber auch leises Kichern. Ich entschuldigte mich und versuchte, Beine und Arme zu sortieren. Dass meine Nachbarin gut gebaut war, war mir dabei eher unangenehm. Auch Hermi schien es unangenehm zu sein, dass sie so eine Niete mitgebracht hatte. Jedenfalls machte sie keinerlei Anstalten, mir aufzuhelfen, sondern blieb wie angewachsen auf ihrer Matte stehen. Sie würde meiner Frau einen entsprechenden Bericht liefern.

Klaus und Wolfgang gelang es schließlich, uns auf die Beine zu stellen. „Das war wohl nichts mit *geschmeidigem Body*", sagte meine Nachbarin etwas angestrengt lächelnd und rieb sich die Hüfte. „Ich glaube, ich lasse die nächsten Übungen aus und warte auf die Decke." „Ich auch", sagte ich, obwohl ich keine Ahnung hatte, was sie mit *warten auf die Decke* meinte. Dass es sich vielleicht um einen Grammatikfehler handelte, konnte ich mir bei der Frau nicht vorstellen. Ich rückte meine Matte etwas näher an ihre, um sie zu fragen, schon hörte ich Rüdiger: „Rogalla, ausruhen ja, reden nein. Es gibt nichts so Wichtiges, das nicht bis nachher warten könnte. Bianca, du weißt das." Bianca hieß sie also. Bianca nickte zustimmend, legte den Kopf auf die Knie und sagte halblaut, ohne mich anzuschauen: „Bei der Entspannungsphase legen wir uns unter die Decke."

Ich grübelte, was das nun bedeutete, kam aber zu keinem Ergebnis. Ich musste warten und Rüdiger um seinen geschmeidigen Body beneiden, dessen Bewegungen einem Zirkusakrobaten in nichts nachstanden. Zufrieden stellte ich fest, dass es nicht nur bei mir, sondern auch bei den anderen noch einiges an Lernpotenzial gab, als Rüdiger endlich die ersehnte Entspannungsphase ankündigte. Ich traute meinen Augen nicht. Alle legten sich lang auf die Matte, zogen die gelbe Decke bis unters Kinn, einige auch über den Kopf und rührten sich nicht. Nur Rüdiger saß aufrecht mit übergeschlagenen Beinen und begann von einem Wanderer zu erzählen, der einen Berg besteigt und unterwegs Hindernisse beiseite räumen muss, um letztendlich ganz zu sich selbst zu kommen. „Wir lassen die Schlacken der Vergangenheit hinter uns", sagte er mit geübter Schauspielerstimme, gerade eben laut genug, dass alle ihn verstanden. Allein für diesen Satz hätte ich eine halbe Stunde gebraucht, um ihn zu durchdenken. Aber Rüdiger fuhr schon fort, redete von klarem Wasser, von einer Wegzehrung, die Wohlbefinden schenkte und Körper und Geist erfrischte.

Ich konnte nichts dafür, aber beim Wort Wegzehrung bekam ich plötzlich einen Mordshunger auf das Schmalzbrot unserer Metzgersfrau, das sie auch an Bartos Kneipe nebenan verkaufte. Ich drehte mich unter der Decke vorsichtig auf die Seite, stupste Bianca, die die Augen geschlossen hatte, am Arm und flüsterte: „Möchten Sie, möchtest du nachher vielleicht noch mit mir ein Häppchen essen?" Bianca hielt die Augen geschlossen, so dass ich dachte: sie will nicht antworten. Aber dann zog sie die Decke unmerklich etwas höher, damit Rüdiger ihre Mundbewegung nicht sah und flüsterte zurück:

„Geht leider nicht. Ich muss noch schnell zu Aldi, bevor er schließt."
Und nach einer kleinen Pause fügte sie hinzu: „Aber das Häppchen
können wir ja beim nächsten Mal nachholen."

Hermi wunderte sich auf dem Nachhauseweg über meine gute Laune. „Wie es aussieht, nimmst du deinen Fehlstart nicht tragisch", sagte sie, wobei ihr die Scham über den mitgebrachten Versager noch
ins Gesicht geschrieben stand. „Ich kann dich ja verstehen, wenn du
nicht weitermachen willst. Nach dem Missgeschick. Vielleicht bist
du einfach nicht geeignet für Übungen, die Körper und Geist bean-
spruchen." Ich schwieg. Schließlich hatte ich es nicht nötig, mich zu
verteidigen. Vor der Haustür fragte ich nur kurz: „Wo kann ich so einen weißen Yogaanzug kaufen, wie Rüdiger ihn hat?" Hermi schaute
mich ungläubig an. Ich lächelte unschuldig: „Du weißt, Hermi, ein
geschmeidiger Body erfordert Üben, Üben, Üben."

Aber sonst ist alles klar auf der Andrea Doria

„Denk daran, Rogalla, wir nehmen nur einen Koffer mit. Du kannst also nicht deine halbe Bibliothek mitschleppen. Ein Buch fürs Handgepäck reicht." Wenn Brigitte in diesem Tonfall spricht, weiß ich: Die Sache ist entschieden. Ich legte also Kermani, Williams, Seiler und eine Anthologie mit Kurzgeschichten zurück ins Regal vor die anderen Bücher. Sie einzuordnen lohnte nicht, da ich sie doch bald lesen würde.

„Sortier die Bücher bitte ein, Rogalla. Wir sind hier nicht auf der Flucht."

Brigitte mit ihrem Ordnungsfimmel. Kermani zu K, Williams zu W, Seiler zu S. Meine Laune verschlechterte sich. Ich konnte mich doch nicht die ganze Zeit mit einem dreizehnjährigen Jungen unterhalten, der zufällig Brigittes Patenkind war und einmal im Jahr besucht werden musste. Brigitte legte Wert auf meine Begleitung. „Die Eltern kümmern sich nicht um das arme Kind, und du bist quasi sein Onkel." Ich verstand nicht ganz, warum ich als Quasi-Onkel so dringend erwünscht war, aber solange wir nur ein paar Tage zu Beginn von Brigittes Schulferien in das verschlafene Dorf fuhren, war mir der Besuch recht. Zu der Zeit hatten in Süddeutschland nämlich die Ferien noch nicht angefangen, und der Morgen gehörte uns, da der Junge in der Schule war.

Ich hatte gerade Seiler bei S im Regal untergebracht, als mir sein Buchstaben-Nachbar Stuckrad Barre entgegen fiel. *Panikherz*. Eine unglaubliche, aber wahre Geschichte. Früher Ruhm des Autors, voraussehbarer Absturz und Udo Lindenberg als Freund und Retter. Ich dachte an Denis und fragte mich, ob ihn der Inhalt des Buches interessieren könnte. Dann hätten wir wenigstens ein Thema. Vielleicht konnte ich ihm anhand von Udos Liedtexten ein paar Lebensweisheiten mit auf den Weg geben. Das Drogenproblem des Autors musste dabei natürlich ausgespart bleiben, dafür war Denis definitiv zu jung.

Ich wickelte das Buch in meinen Schlafanzug, legte Socken und Hose darauf, damit Brigitte mein „Zweitbuch" nicht entdeckte, und spürte, wie meine Laune sich besserte. Schließlich war ich als Jugendlicher selbst ein Anhänger von Lindenbergs Liedern gewesen.

Denis' Großmutter Christel holte uns vom Bahnhof ab. „Der Junge hat heute länger Unterricht. Gegen fünf müsste er zuhause sein", sagte sie entschuldigend. „Er lässt euch grüßen", fügte sie hinzu. Den letzten Satz hatte sie ganz sicher erfunden. Ein Dreizehnjähriger würde seine Patentante kaum grüßen lassen, es sei denn, er war ein besonders altkluges Kind, und als solches hatte ich Denis nicht in Erinnerung. Im Gegenteil. Im letzten Jahr hatte ich ihn aufmüpfig, ja sogar grob Christel gegenüber erlebt, all ihren Ratschlägen und Aufforderungen gegenüber resistent.

Wir hatten unseren Koffer ausgepackt und tranken auf der Terrasse eine Tasse Tee, als Denis nach Hause kam. Ein dünner Schlacks, der nicht recht wusste, wohin mit seinen langen Armen.

„Hi, Brigitte, hi, Rogalla." Er winkte uns aus gebührender Entfernung zu, damit keiner von uns auf die Idee kam, ihm womöglich in Tanten- oder Onkelmanier einen Kuss auf die Stirn zu hauchen. „Wie geht's?", fragte er lässig. War das nicht unser Part? Normalerweise waren wir es, die sich nach seinem Befinden erkundigten und nicht umgekehrt. „Danke, gut", sagten Brigitte und ich gleichzeitig. „Und was macht die Schule, Brigitte?", wandte er sich an meine Frau. Das wollte ich ihn gerade fragen; es war mein Standardeinstieg in eine Unterhaltung mit Jugendlichen, aber Denis drehte die Rollenverteilung einfach um. Brigittes Antwort klang irritiert: „Alles in Ordnung." Ich grinste, denn das Thema Schule war damit abgehakt. Worüber würde Brigitte sich jetzt mit ihm unterhalten?

Mein Grinsen verging mir schnell, denn Denis drehte sich zu mir um: „Und was machen deine Kurzgeschichten, Rogalla? Kommst du voran? Du wolltest doch eine Anthologie herausgeben." Ich blieb die Antwort schuldig, weil mich der Junge verwirrte. Da stimmte doch was nicht. Dieses Kerlchen redete wie ein Erwachsener. Dass er sich überhaupt an das Wort Anthologie erinnerte! Ich wurde nicht schlau aus ihm. War er seiner Zeit voraus und seinen Altersgenossen überlegen? Oder machte er sich über uns lustig, indem er uns mit unseren eigenen, eingefahrenen Fragen konfrontierte, Fragen, die uns nicht wirklich interessierten und auf die wir auf keinen Fall eine ausführliche Antwort erwarteten. Fehlte nur, dass er sagte: „Rogalla, du bist aber groß geworden." Da wäre die Ironie wenigstens eindeutig.

Als kinderloses Ehepaar hatten wir nicht unbedingt die große Ahnung vom Innenleben eines Jugendlichen. Brigitte bezog ihr Wissen aus ihrem Lehrerberuf; ich hatte nur mein Bauchgefühl, und das ließ mich zugegeben oft im Stich. „Hättest du Lust, später mit mir durchs Dorf zu spazieren?", fragte ich vorsichtig. „Als Stadtmensch bin ich neugierig, was sich hier am Abend tut." Ich sah Denis an, was er von dem Vorschlag hielt. Spazieren gehen war nicht seine Lieblingsbeschäftigung. Er setzte gerade zu einer Antwort an, als Christel ihm zuvorkam: „Das macht er sicher gern." Denis zog einen Mundwinkel hoch, verriet aber sonst mit keiner Miene, ob ihn der Einwurf seiner Großmutter nervte oder nicht. „Ok. Ich mache meine Hausaufgaben, und nach dem Abendessen machen wir das Dorf unsicher, Onkel Rogalla." Hatte er *Onkel Rogalla* gesagt? Das saß. Das war nicht nur so daher gesagt, ebenso wenig wie der Ausdruck *„wir machen das Dorf unsicher"*. Das war Absicht. Ich spürte einen leichten Ärger in mir aufsteigen. Der Junge nahm mich eindeutig auf den Arm.

Jetzt grinste Brigitte. Ich warf ihr einen verächtlichen Blick zu, was ihr Grinsen nur verstärkte. Ich würde dem Knaben schon beibringen, dass Kommunikation nur dann gelingt, wenn jeder den anderen achtet, und dass es zu nichts führt, wenn man sich über den anderen lustig macht. Ich musste nur überlegen, wie ich das Thema anging.

Die Sonne war trotz der späten Tageszeit noch hinter den Dächern zu erahnen. Es war einer dieser lauen Abende, die einen melancholisch werden lassen, weil man unweigerlich daran denkt, dass die hellen Tage begrenzt sind. Die Nächte würden schon bald wieder länger werden. Wir gingen nebeneinander durch das Dorf, jeder in seine eigenen Gedanken versunken. Irgendwie musste ich doch an den Jungen rankommen.

„Denis, kennst du Udo Lindenberg?" Denis schaute mich überrascht und gleichzeitig misstrauisch an. „Warum fragst du?"

„Weil ich kürzlich ein Buch gelesen habe, in dem ein Junge schwer

von ihm beeindruckt war und ein Rockstar werden wollte wie er."
„Und?"
„Kannst du dir vorstellen, dass du dich von jemand so beeinflussen lässt?"
„Meinst du, ich brauchte so was wie einen Lebensberater? Und wer sollte das sein?" Der Junge stellte meine Nerven auf eine harte Probe. Auf eine Frage antwortete er einfach mit einer weiteren. Und jetzt fing er auch noch an zu singen:

„Und ich schickte euch doch immer schon
Meine besten Top-Berater:
Ob's nun Jesus war, Ghandi, Einstein
Und auch noch den Scheinheiligen Vater."

Was sollte ich darauf sagen? Bevor ich zu einem Ergebnis gekommen war, drehte er den Spieß um, und ich wurde zum Befragten: „Und was ist mit dir, Rogalla? Lässt du dich beeinflussen von irgendwem oder irgendwas?"

Darauf war ich nicht gefasst. „Nun ja", stotterte ich „vielleicht von dem Gedanken, dass man einiges im Leben versäumt hat und dass die Zeit knapper wird, um Pläne umzusetzen."

„Welche Pläne hast du denn noch?" Er sah mich an, als sei ich in einem Alter, in dem sich Pläne für die Zukunft nicht mehr lohnten.

„Ja, weißt du, ich arbeite an einer Anthologie, die ich gern veröffentlichen würde."

„Hast du mir das nicht letztes Jahr auch schon erzählt?"

Verdammt, das stimmte. „Aber dieses Jahr schaffe ich es, und wenn ich dem Verlagsleiter Feuer unter dem Hintern anzünde."

Denis schüttelte den Kopf, zog die Augenbrauen hoch und begann wieder zu singen:

„Alte Männer sind gefährlich, denn die Zukunft ist egal
Alte Männer setzen alles auf die letzte große kleine Karte
haun so richtig auf die Sahne
Und dem Erbschleicher sagen sie: Warte"

Das Lied kannte ich nicht, aber die Art, wie der Text blödelnd Wahrheiten aussprach und die Art wie Denis vor sich hinnuschelte, erinnerte mich stark an Udo Lindenberg.

„Sag mal, Denis, von wem ist der Text, den du da singst?"

„Was glaubst du denn selbst?"

Es reichte. „Weißt du was, Denis, du gehst mir gewaltig auf die Nerven. Gib endlich mal eine Antwort." Ich verspürte keinerlei Lust mehr, mich mit ihm zu unterhalten, geschweige denn, ihm ein paar Lebensweisheiten näherzubringen. Ich war inzwischen auch überzeugt, dass er nicht besonders aufgeweckt für sein Alter war, sondern nur tief in der Pubertät steckte. Wer in diesem langweiligen Dorf sollte ihn denn auch fördern? Trotz des warmen Wetters saß kaum jemand draußen. Wahrscheinlich sahen sie alle fern.

Mir fiel ein, dass Denis' Eltern sich schon vor ein paar Jahren aus dem Staub gemacht hatten, um sich selbst zu verwirklichen, und dass Denis deswegen bei seiner Großmutter wohnte. Kein Wunder, dass der Junge etwas zurückgeblieben war. Vielleicht sollte ich doch noch einen Versuch machen, mit ihm ins Gespräch zu kommen.

„Hast du Neues von deinen Eltern gehört?"

Denis überhörte die Frage und schaute auf seine Füße.

„Denis?" Er bückte sich und schnürte seine Schuhe fester.

„Gibt es ein Problem?"

Er blickte nicht auf, als er nach einer Weile sagte: „Aber sonst ist heute alles klar auf der Andrea Doria."

Den Satz kannte ich. Udo Lindenberg. Denis kannte ihn also auch. Ich verstand: Nicht weiterfragen!

Wir gingen schweigend nach Hause.

Als Brigitte und ich am nächsten Morgen zum Frühstück kamen, war Denis schon zur Schule gefahren.

„Langweilt der Junge sich hier nicht?", fragte ich Christel.

„Ich weiß es nicht. Er erzählt nicht viel, und abends geht er früh auf sein Zimmer. Meine Tochter hat ihm Geld für einen eigenen Fernseher geschickt."

„Dann liest er wahrscheinlich wenig. Ich hatte gestern Abend das Gefühl, dass er seit dem letzten Jahr keine Fortschritte gemacht hat."

Brigitte trat mich gegen das Bein, obwohl ich niemandem einen Vorwurf machen wollte. Aber Christel reagierte leicht gekränkt: „Ich darf sein Zimmer nicht betreten, aber wenn ich das Bett beziehe oder die Fenster putze, gibt er mir den Schlüssel, und es ist immer alles picobello aufgeräumt. Er begießt sogar die Pflanzen, die er seit einiger Zeit auf der Fensterbank stehen hat. Wenn das kein Fortschritt ist."

Ein Dreizehnjähriger, der sein Zimmer freiwillig aufräumt und Topfpflanzen begießt, das gibt es selten, dachte ich, sagte aber nichts. Christel schien meine kritischen Gedanken zu lesen und lud mich ein, einen Blick in Denis' Zimmer zu werfen, da sie gerade die Bettwäsche gewechselt hatte. Ich hatte ein schlechtes Gewissen, als sie die Tür öffnete, aber meine Neugier siegte. Meine Augen glitten schnell über die Einrichtung. Nichts Besonderes, bis auf ein paar mit Vorhängeschloss versehene Kisten unterm Bett. Jugendliche brauchten wohl auch ihre kleinen Geheimnisse. Als ich mich weiter umschaute, entdeckte ich plötzlich auf dem Nachttisch eine CD von Udo Lindenberg, und daneben ein mir wohlbekanntes Buch: Benjamin von Stuckrad Barres *Panikherz*. Ich Trottel. Ich hatte geglaubt, dem Jungen daraus ein paar Lebensweisheiten vermitteln zu können. Dabei wusste er längst Bescheid über das irre Leben des Schriftstellers, über seinen Absturz, seine Einsamkeit, seine Verzweiflung. Und daher kannte er die Texte von Udo Lindenberg.

Er musste also auch von der Drogenabhängigkeit des Autors gelesen haben, ein Thema, für das er nun wirklich zu jung war. Der Blick auf die Fensterbank belehrte mich eines Besseren. Das waren keine Zimmerpflanzen, die nach Christels Meinung liebevoll von ihrem Enkel versorgt wurden. In den Töpfen wuchs Cannabis, kräftige Pflanzen, deren Nutzen für Denis nach Lektüre des Buches kein Rätsel mehr war.

Sichtlich stolz sagte Christel: „Glaubst du mir nun, dass der Junge seit letztem Jahr Fortschritte gemacht hat, so ordentlich wie das Zimmer jetzt ist? Und sieh einmal, wie gesund seine Pflanzen sind."

Sie haben gewonnen

Schuld an allem war nur die Kreuzfahrt, die ich bei einem Preisausschreiben gewonnen hatte. Eine Woche auf der Andromeda für zwei Personen. Östliches Mittelmeer. Das würde Brigitte umwerfen, wenn sie es hörte. Ich war so stolz, dass ich meiner Frau auch einmal ein Überraschungsgeschenk machen konnte, denn normalerweise leihe ich mir bei ihr Geld, wenn ihr Geburtstag oder unser Hochzeitstag naht. Da Brigitte die Summe, die sie mir für diese Zwecke leiht, nie wieder erwähnt, halte auch ich mich zurück und erinnere sie nicht unbedingt an meine Schulden.

Ich las den Brief mit der aufregenden Nachricht zweimal, dreimal, bis ich ihn auswendig hätte aufsagen können. Erst dann wickelte ich ihn liebevoll in blaues Glanzpapier aus Brigittes Bastelvorräten und befestigte eine goldene Schleife darauf. Meine Frau würde staunen, wenn sie beim Mittagessen das Päckchen neben ihrem Teller entdeckte. Höchst zufrieden betrachtete ich mein Werk und konnte es kaum erwarten, dass Brigitte nach Hause kam.

Ich muss vorausschicken, dass meine Frau nicht unbedingt vor Freude jauchzt, wenn sie meine Geschenke auspackt. Ich weiß bis heute nicht, woran es liegt. Vielleicht ist sie einfach zu ernst veranlagt, oder meine Geschenke treffen nicht ganz ihren Geschmack, was ich mir allerdings kaum vorstellen kann. Zumindest fand bis jetzt alles einen Platz in unserer Wohnung.

Doch dieses Mal brauchte ich mir keine Gedanken zu machen.

Als Brigitte das Päckchen mit der goldenen Schleife sah, lächelte sie überrascht. „Für mich? Aber ich habe doch gar nicht Geburtstag."

„Du wirst dich wundern, wenn du den Inhalt siehst. Darauf kommst du nie und nimmer", versuchte ich ihre Neugier zu steigern.

Sofort erlosch das Lächeln in ihrem Gesicht.

„Rogalla?" Sie betonte meinen Namen anders als sonst, fragend und warnend zugleich, auf jeden Fall mit einem Unterton, den ich nur als misstrauisch interpretieren konnte. Dachte sie etwa an den perlenbestickten Elefanten oder die Sammlung von Glasaugen, die ich ihr erst kürzlich geschenkt hatte, und die nicht gerade einen Sturm der Begeisterung hervorgerufen hatten? Immerhin nahmen die

Glasaugen inzwischen einen hervorgehobenen Platz auf ihrem Schreibtisch ein; sie dienten als Briefbeschwerer für ihre Unterrichtsunterlagen.

„Nun mach schon auf", wiederholte ich ungeduldig.

Brigitte entfernte vorsichtig Schleife und Glanzpapier, schaute auf die Anschrift, Herrn Rogalla, – ich nickte stolz – und zog schließlich das Papier aus dem Umschlag. Wie würde sie reagieren? Ich rutschte auf dem Stuhl nach vorn und beobachtete ihr Gesicht. Endlich las sie laut den ersten Satz: *Sie haben gewonnen!* Ein kurzes Stutzen, dann ließ sie den Arm sinken. Kein Schrei des Entzückens, kein Hände-hochreißen. Ich hätte es mir denken sollen:

„Oh", war alles, was sie sagte.

„Weiter. Lies weiter. Gleich kommt's", rief ich. Am liebsten hätte ich ihr den Inhalt auswendig aufgesagt.

Sie las weiter. Der nächste Kommentar beschränkte sich auf: „Aha."

Dann faltete sie den Brief zusammen und legte ihn auf den Tisch.

„Rogalla, das ist wirklich eine Überraschung. Eine Woche östliches Mittelmeer, ein Traum. Aber der Gewinn hat leider ein paar Haken. Hast du den Brief genau gelesen?"

„Ja natürlich. Ich kann ihn dir aufsagen."

„Ein Großteil der Kosten bleibt an uns hängen. Der Flug, die Getränke an Bord des Schiffes, die Trinkgelder. Und dann eine enge Innenkabine, wo du vielleicht Platzangst bekommst. Aber das Schlimmste ist dir gar nicht aufgefallen. Hast du dir das Abreisedatum angesehen? Der letzte Schultag vor den Ferien. Da kann ich auf keinen Fall fehlen."

Mir fiel ein Stein auf den Kopf. Ein Traum war geplatzt. Meine Mundwinkel zitterten, meine Schultern hingen kraftlos am Körper. Ohne meine Frau eines Wortes zu würdigen, nahm ich meinen Mantel und lief nach draußen. In mir brodelte es. Musste sie mir denn jeden Spaß verderben? Konnte sie nicht einmal das Negative übersehen und sich am Positiven erfreuen? Wütend trat ich gegen eine Abfalltonne.

Und wenn ich allein führe?

Ich musste mir eingestehen, dass ich ohne Brigitte wenig Freude an diesem Unternehmen haben würde. Sie bewahrte auf Reisen nicht nur die Ausweise auf, sie hatte auch alle Abfahrzeiten für Busse, Bahnen, Flugzeug im Kopf, so dass ich unbelastet neben ihr herlaufen konnte. Da gab es nichts zu rütteln: Brigitte musste mitfahren. Irgendwie sollte das Geld sich doch auftreiben lassen. Wenn nur dieser vermaledeite letzte Schultag nicht wäre. Drei Unterrichtsstunden! Als ob die Schüler da noch groß etwas lernten.

Ich überlegte hin und her. Wie konnte ich bewerkstelligen, dass Brigitte an dem letzten Tag vor den Ferien nicht zur Schule gehen musste? Barto kam mir in den Sinn. Barto wusste immer Rat. „Ganz einfach", sagte Barto, als ich mich in seiner Kneipe niedergelassen und das erste Gläschen Rotwein bestellt hatte. „Du schickst der Schule einen Brief von der Stadtverwaltung, dass von einigen besorgten Eltern seltsame Gerüche in den Gängen gemeldet wurden und dass deshalb am besagten Tag Untersuchungstrupps Tests machen müssen. Die Schüler sollten nach Möglichkeit die Schule nicht betreten."

Obwohl ich gewillt war, alle Mittel einzusetzen, um meiner Frau einen freien Tag zu verschaffen, war Bartos Idee inakzeptabel. Nicht durchdacht. Woher sollte ich ein Papier mit einem Briefkopf der Stadtverwaltung nehmen? Und den zuständigen Dezernenten kannte ich auch nicht.

„Nichts einfacher als das", sagte Barto. „Ich kenne die Reinigungsfirma, die im Rathaus putzt. Du bekommst dein Papier und dann schreiben wir den Text." Ich schaute ihn bewundernd an. Barto war ein echter Freund. „Und der Name für die Unterschrift?", wandte ich ein.

„Rogalla, hier hast du ihn." Barto hielt mir ein Schreiben der Stadt hin und zeigte auf die unterste Zeile: „Du kannst schon mal üben."

Wohl war mir nicht, als ich den Brief in die Tasche gleiten ließ, aber als Barto sagte: „Wer nicht wagt, der nicht gewinnt", war ich überzeugt. Wenn Bartolomeo, ein Italiener, ein deutsches Sprichwort so verinnerlicht hatte, musste etwas dran sein.

Besser gelaunt, da ich einen frischen Hoffnungsschimmer für unsere Reise sah, machte ich mich auf den Heimweg. Die nächste

Hürde würde ich auch nehmen: das Geld für den Flug. Der Betrag auf meinem Konto war leider nicht erwähnenswert; er reichte vielleicht für die Getränke auf dem Schiff, während so ein Flug sicher ein paar Hunderter kostete. Ich grübelte und grübelte, was ich unternehmen könnte, wobei eins klar war: Auf keinen Fall würde ich Brigitte anbetteln.

Der Supermarkt suchte einen Mann, der die Einkaufswagen über den Parkplatz zu den Sammelstellen brachte. Als ich ausgerechnet hatte, wie viele Stunden ich Wagen schieben müsste, um „ein paar Hunderter" zu verdienen, verdrängte ich den Gedanken schnell.

Es wurde allmählich dunkel. Ich hatte inzwischen einen großen Umweg gemacht, war zweimal um den See im Park gelaufen, weil ich nicht ohne Ergebnis nach Hause kommen wollte. Aber alle Möglichkeiten, die mir für die Finanzierung eines Flugtickets in den Sinn kamen, erwiesen sich als untauglich, besser gesagt für einen Schriftsteller als unzumutbar. Der Hoffnungsschimmer versank mit den letzten Sonnenstrahlen.

„Rogalla?", rief meine Frau, als ich nach Hause kam. Sie saß am Schreibtisch und korrigierte Klassenarbeiten, als sei es ein ganz normaler Tag ohne besondere Vorfälle. „Rogalla", wiederholte sie nach einer Weile, „hast du dich beruhigt?"

Sie hatte ja keine Ahnung, dass gerade die große Erleuchtung wie ein Pfingstwunder über mich gekommen war. Ich sah die Glasaugen, braun, blau, grau, die mich aus einem Glaskasten anstarrten, ohne jemals den Blick abzuwenden. Sie würden jeden Dieb daran hindern, das von ihnen behütete Unterrichtsmaterial zu stehlen. „Anschauungsmodelle für Medizinstudenten des 19. Jahrhunderts", hatte der Besitzer des Antiquitätengeschäftes gesagt. „Jedes Äderchen ist zu sehen, und dann die Iris, ein Kunstwerk." Ich hatte das Kunstwerk gleich erkannt und mir vierhundert Euro von Brigitte geliehen, um auch sie in diesen Genuss kommen zu lassen.

Aber Brigitte konnte nur schwer verbergen, dass sie nicht sonderlich begeistert von dem außergewöhnlichen Geschenk war. Konnte ich es da nicht ohne schlechtes Gewissen in das Geschäft zurückbringen und mir die 400 Euro erstatten lassen? Ich dankte dem

Himmel für die wunderbare Idee.

„Alles in Ordnung", rief ich meiner Frau zu und ging lächelnd ins Wohnzimmer, um die Unterschrift für den Brief an die Schule zu üben, denn „Frisch gewagt, ist halb gewonnen". Barto sollte nicht glauben, dass nur er Sprichwörter im richtigen Moment anzubringen wusste. Wie oft ich Müller-Mansker schrieb, weiß ich nicht mehr. Aber an eins erinnere ich mich genau: Bei jeder Unterschrift drängte sich ein Gedanke mehr in den Vordergrund, bis er sich nicht mehr wegsperren ließ. „Rogalla, was du da machst, ist verboten." Sollte ich etwa dieser Warnung nachgeben? Das Unrecht wurde doch durch den guten Zweck wieder wett gemacht. Nicht nur meine Frau, auch die Schüler profitierten davon.

Kaum hatte Brigitte am nächsten Morgen das Haus verlassen, packte ich die Glasaugen ein und machte mich auf den Weg zum Antiquitätenhändler. Leider hatte ich vergessen, dass der Beruf eines Händlers mit handeln zu tun hat. Der alte Geizkragen wollte mir nur dreihundert Euro geben. „Ich habe schließlich auch meine Unkosten", jammerte er. Nach langem Hin und Her akzeptierte ich die Summe. Vielleicht würde sie für den Flug reichen. Wenn nicht, musste Brigitte doch ihren Teil dazu tun.

Zuhause erwähnte ich die Reise nicht mehr, sondern spielte den Großmütigen, der seinen Gewinn abgeschrieben hatte, weil es zu viele Hindernisse gab.

„Hast du zufällig meine Glasaugen gesehen?" fragte Brigitte beim Abendessen. Ich war vorbereitet.

„Ich habe sie heute Morgen mit zu Barto genommen. Er wollte sie unbedingt sehen, weil ich ihm so begeistert davon vorgeschwärmt habe. Da muss ich sie bei ihm liegen lassen haben. Mach dir keine Sorgen; morgen hole ich sie dir zurück."

Meine Frau schien sich tatsächlich keine Sorgen zu machen.

„Ist nicht so eilig", beruhigte sie mich. Sie hatte noch keine Ahnung, dass Barto, von dem sie ohnehin nicht viel hielt, die Glasaugen für immer verlegt haben würde.

Zwei Tage später kam der ersehnte Anruf: „Tutto a posto." Wenn Barto aufgeregt ist, redet er italienisch, was mich normalerweise nervt. Aber dieses Mal sagte ich nur: „Ich komme", denn Bartos

Kneipe öffnet um elf, und ich musste vorher da sein, damit wir in Ruhe arbeiten konnten. Barto diktierte mir den Text; ich verbesserte an manchen Stellen sein Deutsch, doch als es zur Unterschrift kam, streikte meine Hand. „Codardo", rief Barto, „hast du nie den Namen deiner Mutter gefälscht, wenn du die Schule geschwänzt hast? Gib mir meinen Brief mit dem Namen des Dezernenten." Dann übte er einige Male den Schriftzug und unterschrieb flüssig. „Gleich einwerfen, dann ist der Brief morgen da", ermahnte Barto mich, bevor er sich dem ersten Gast zuwandte. Meine Hand zitterte leicht, als der Briefkasten zuklappte.

Jetzt hieß es warten. Ich versuchte mich abzulenken, indem ich eine Kurzgeschichte über einen Mann mit einem Glasauge schrieb. Doch irgendwie kam ich nicht vorwärts, da meine Gedanken immerzu abschweiften. Sobald ich Brigittes Schlüssel hörte, stand ich wie zufällig im Flur, half ihr aus dem Mantel und fragte mit desinteressiertem Tonfall: „Was Neues in der Schule?"

„Nein. Nichts Besonderes." Das hieß: bis morgen warten. Damit sie keinen Verdacht schöpfte, stellte ich meine Frage am nächsten Tag erst beim Mittagessen: „Na, wie war's heute?"

„Ach, wie immer." Das konnte doch nicht sein. War Brigitte zu müde, um mir Auskunft zu geben? Als ich schon nicht mehr mit einer Antwort rechnete, sagte sie plötzlich nebenbei: „Die Schüler werden immer dreister. Heute erzählte Papauschek, dass ein Brief von der Stadtverwaltung gekommen sei. Ein Spezialtrupp müsse unsere Flure wegen angeblichen Gestanks untersuchen. Und das natürlich am letzten Schultag. Klar, das hieße unterrichtsfrei. Den Scherz kann ich ja noch verstehen. Aber mit dem Namen des Kulturreferenten zu unterschreiben, der nichts damit zu tun hat, ist nicht nur dumm, sondern auch Urkundenfälschung."

Das saß. Dumm, Urkundenfälschung. Was sollte ich darauf sagen? Ich hatte mir Bartos Schreiben der Stadt gar nicht näher angesehen, sonst wäre mir sicher aufgefallen, dass Müller-Mansker nicht die richtige Person für unseren Fall war.

„Und was passiert jetzt?", fragte ich vorsichtig. Ich durfte mir auf keinen Fall eine Blöße geben, jeder Satz musste gut überlegt sein.

„Morgen gibt es eine Besprechung in der großen Pause. Da soll entschieden werden, wie wir reagieren. Notfalls gibt Papauschek den Brief an die Kriminalpolizei."

Mein Herz hörte auf zu schlagen, nur um kurz darauf beängstigend laut neu einzusetzen. Ich drückte auf meine Brust, aber mein Herz raste weiter.

„Rogalla, was ist los?" Besorgt blickte Brigitte mich an.

„Ist es immer noch meine Reaktion auf deinen Gewinn, die dir zu schaffen macht?"

Ich nickte, froh, das Thema wechseln zu können, drückte etwas fester auf mein Herz und gab meinem Gesicht einen leidenden Ausdruck. Brigitte überlegte. Plötzlich huschte über ihr Gesicht dieses spitzbübische Lächeln, das ich so liebe, weil meist eine gute Nachricht folgt.

„Ich wollte es dir eigentlich heute noch nicht sagen, aber ich habe eine Überraschung für dich; der letzte Schultag ist kein Hindernis für unsere Kreuzfahrt. Wir können deinen Gewinn annehmen."

Hatte ich den letzten Satz richtig verstanden? Gerade noch der Tiefschlag, dass mein Versuch, Brigitte einen freien Tag zu verschaffen, gründlich danebengegangen war. Jetzt sollte ich plötzlich das Gegenteil glauben.

„Die zwei Deutschstunden übernimmt meine Referendarin, und die dritte Stunde ist auch kein Problem. Die Schüler der Klasse 10 sind nämlich an dem Tag noch im Praktikum. Hat Papauschek mir gestern mitgeteilt."

In meinem Kopf drehte sich alles.

„Freust du dich denn nicht? Ich habe sofort die Flüge bestellt; es ist alles geregelt."

Die Flüge bestellt! Und ich hatte dafür die Glasaugen ins Geschäft zurückgebracht.

„Nun freu dich doch, Rogalla; in vier Wochen sind wir auf dem Schiff", sagte meine Frau.

„Schön", mehr brachte ich nicht heraus. Die Wirklichkeit sah alles andere als schön aus. Nicht auszudenken, wenn man herausfand, wer den Brief geschrieben hatte. Ich verbrachte eine schlaflose Nacht.

Das Kollegium ließ den Brief mit neun zu acht Stimmen unter den Tisch fallen, um die Schule aus der Presse herauszuhalten und gleichzeitig den Schüler nicht auch noch mit Beachtung zu belohnen. Die Lehrer sollten allerdings Acht geben, ob einer ihrer Schüler mit der Unterschrift, die in Kopie rumgereicht wurde, zu tun haben könnte. Ich atmete auf.

Wir bestiegen pünktlich das Schiff, und bei dem aufregenden Leben an Bord, das für mich ganz neu war, vergaß ich langsam das unglückselige Zustandekommen der Reise. Nur manchmal kamen die Gedanken zurück an die Oberfläche, dann ertränkte ich sie schnell mit einem Glas Wein. Barto hatte ich eine Mail geschickt, dass ich von nun an auf seine Ratschläge verzichtete.

Seit zwei Tagen ankerten wir im Hafen von Istanbul. Was für eine faszinierende Stadt. Da das Schiff um 13 Uhr ablegen sollte, war Zeit genug, vorher noch einen Stadtbummel zu machen. Die meisten Passagiere blieben an Bord, weil am Tag vorher das Zuckerfest stattgefunden hatte und nun fast alle Restaurants und Geschäfte zumindest bis zum Mittag geschlossen waren. Ich beschwatzte Brigitte, trotzdem einen Spaziergang zu machen, denn zwei Tage waren für diese Stadt einfach zu wenig, und ich wollte die besondere Atmosphäre noch einmal bewusst erleben.

Die Gässchen der Altstadt waren menschenleer, das heißt, nicht ganz, denn vor den Türen oder in den Eingängen zu den Restaurants lagen Menschen, die die Nacht durchgemacht hatten und sich ausschliefen. Neben ihnen die Überbleibsel der Feier, zerschlagene Gläser, Essensreste, Würfelspiele. Wir liefen durch die engen Gassen, bis meine Füße weh taten. „Eine kleine Pause, dann müssen wir zurück aufs Schiff", sagte Brigitte, die die Abfahrtzeit genau im Kopf hatte. Wir setzten uns vor ein Lokal, dessen Tür weit offen stand. Keine Gäste, kein Kellner. Eine wohltuende Ruhe. Brigitte legte die Beine auf einen Stuhl und schloss die Augen, und da an Unterhaltung nicht zu denken war, nahm ich den Kugelschreiber, der neben einer Rechnung auf dem Tisch lag, und malte Männchen auf die schmutzige Papierdecke. Ich dachte an die Hindernisse vor Reisebeginn, dachte an den unseligen Brief und Bartos Unterschrift, die ich nicht verhindert hatte. Einem inneren Drang folgend, fing ich an zu schreiben: Müller-Mansker, Müller-Mansker, Müller-Mansker; es klappte immer noch. Ich malte ein paar Glasaugen darunter und dachte an den Wucherer, der tatsächlich 400 Euro verlangt hatte, als ich das Geschäft rückgängig machen wollte. Schon bekam eines der Männchen eine dicke Brille und eine Sprechblase verpasst: 400 Euro!!! Als Nächstes war der Direktor dran, der die Lehrer aufgefordert hatte, die Unterschrift mit dem Schriftbild der Schüler zu vergleichen. Ich malte und malte, als würde mich jeder Strich von etwas befreien. Es war kaum noch Platz auf der Tischdecke, als eine Stimme mich aufschreckte: „Was machst du denn da, Rogalla?"

Ich fuhr hoch. Was sollte ich sagen?

„Die Tischdecke war sowieso dreckig", war alles, was mir einfiel. Brigitte rückte neugierig näher. „Lass mal sehen." Das hatte mir gefehlt. Ich hielt meinen Arm über die Kritzelei, was meine Frau erst recht veranlasste, genauer hinzusehen.

„Oh, meine Glasaugen. Ach, und das Männchen da hat Ähnlichkeit mit Papauschek." Sie lachte. „Ein richtiges Wimmelbild wie in Kinderbüchern." Dann entdeckte sie die Unterschriften. „Müller-Mansker, Müller-Mansker." Kurzes Schweigen. Ihr Gesicht wurde ernst. „Müller-Mansker? Wie kommst du denn auf den Namen?" Ich wusste, das würde nicht gut enden, denn meine Frau hätte auch Kriminalbeamtin werden können. Zumindest was mich betrifft, ist kein Geheimnis vor ihr sicher. Sie beugte sich über die Unterschriften, kniff die Augen zusammen und schüttelte den Kopf. „Das gibt's nicht." Wieder eine kurze Pause. „Das ähnelt so sehr der gefälschten Unterschrift, dass man meinen könnte, du hättest den Brief unterschrieben."

„Von welchem Brief redest du?"

„Du weißt genau, wovon ich rede." Ich wusste in der Tat genau, wovon sie redete; ich wusste auch, dass ich keine Chance hatte.

„Rogalla."

Ich senkte den Kopf.

„Du warst es doch nicht?" Brigitte schaute mich flehend an. „Sag, dass es nicht wahr ist." Ich schwieg. „Also doch. Du hast die Unterschrift gefälscht." Eine unerträgliche Pause, in der ich am liebsten unsichtbar geworden wäre.

„Ich kann es nicht glauben. Was hast du dir dabei gedacht?"

Es hatte keinen Sinn, ihr jetzt zu erklären, dass ich nur den Brief geschrieben, aber nicht die Unterschrift gefälscht hatte. Sie würde sowieso nicht zuhören.

Der Frühstückstee machte sich bemerkbar. „Entschuldige, Brigitte, ich geh mal eben auf die Toilette. Bin gleich zurück."

„Du bleibst hier und hörst mir zu." Das war ein Befehl. Wenn ich jetzt nicht aufstand, musste ich mir das Gewitter bis zum Schluss anhören. Mehr der Not gehorchend als mutig erhob ich mich und ging eilig in das Lokal. Obwohl die Tür weit geöffnet war, bewegte sich im Innern nichts. Stühle standen auf den Tischen, Wasserpfeifen in einer Ecke, auf einer Bank lag ein Mann, wahrscheinlich ein übriggebliebener Kellner. Ich rief: „Hallo." Der Mann rührte sich nicht. Ich sah mich suchend um. An der hinteren Wand hing ein Schild mit den eindeutigen Zeichen, wofür brauchte ich da einen Kellner. Mit einem mulmigen Gefühl stieg ich eine Treppe hinab, folgte einem Gang vorbei an Gemüse- und Getränkekisten und landete schließlich am gesuchten Örtchen. Ich zog die Tür hinter mir zu und schloss vorsichtshalber ab, denn man weiß in diesen Ländern ja nie.

Befreit vom Tee und ohne schimpfende Frau ging es mir bedeutend besser, sodass ich mich mutig genug fühlte, Brigitte die Gründe meines unüberlegten Handelns darzulegen. Ich hatte es doch nur für sie getan, das würde sie einsehen. Bis ich wieder oben war, würde sie sich ohnehin abreagiert haben.

Ich schloss auf, drückte auf die Klinke, aber die Tür öffnete sich nicht. Ich probierte es gleich noch einmal, wieder ohne Erfolg. Wahrscheinlich funktionierte das Schloss hier anders als zuhause. Vielleicht musste ich in die Gegenrichtung drücken. Nichts. „Ruhe bewahren", sagte ich mir, aber das war leichter gesagt als getan, denn was immer ich anstellte, die Tür blieb geschlossen. Mein Hilferuf verhallte ungehört; der Kellner war viel zu weit entfernt, um durch mich geweckt zu werden. Ich schrie immer lauter, trat gegen die Tür, versuchte mal sanft, mal mit Gewalt, Herr über die Klinke zu werden. Panik stieg in mir auf.

Wo blieb nur Brigitte? Sie musste sich doch Sorgen machen. Ich schaute auf die Uhr. In einer halben Stunde mussten wir an Bord sein. Wenn wir jetzt nicht aufbrachen… Ich lehnte mich gegen die schmutzige Wand, verfluchte meine Situation, verfluchte das Zuckerfest, verfluchte das Preisausschreiben, verfluchte überhaupt alles.

Brigitte kam nicht. Hätte ich mein Handy mitgenommen, hätte ich sie anrufen können, aber wozu sollte ich meins einstecken, wenn sie ihres dabeihatte? Dass diese Frau auch immer Recht behalten musste. Wahrscheinlich war sie schon zum Schiff gegangen aus Ärger darüber, dass ich ihr nicht zugehört hatte. Sollte sie. Dann musste sie eben allein weiterfahren.

Und ich? Was machte ich in dieser Stadt, in der nicht einmal die Türklinken funktionierten? Ich fasste an meinen Brustbeutel, in dem ich nicht nur die Bordkarte verwahrte, sondern auch 100 Euro, die Brigitte mir für alle Fälle gegeben hatte sowie die dreihundert Euro für die Glasaugen, von denen meine Frau nichts wusste. Den Pass hatte Brigitte. Ich rechnete mir aus, dass das Lokal frühestens am späten Nachmittag wieder den Betrieb aufnahm. Eine lange Zeit in dieser ungesäuberten Toilette. Ich versuchte mein Glück noch einmal, bewegte die Klinke Millimeter um Millimeter nach unten. Umsonst.

Alle fünf Minuten starrte ich auf die Uhr, aber was nützte es? Wenn ich glaubte, auf dem Gang bewegte sich etwas, rief ich um Hilfe und trommelte gegen die Tür. Auch das war sinnlos. Plötzlich glaubte ich von weitem meinen Namen zu hören. Eine Halluzination?

„Hier", rief ich. Dann noch einmal lauter: „Hier."

„Wo bist du?"

Brigitte.

„Hier. Auf der Toilette. Eingeschlossen." Ich hörte ihre Schritte näherkommen. „Sei vorsichtig mit der Klinke", rief ich. Die Warnung kam zu spät. Ich sah, wie der Griff sich nach unten bewegte und ...

Ich riss die Augen auf. Die Tür öffnete sich, als sei es die selbstverständlichste Sache der Welt.

„Was für einen Unsinn redest du von ‚eingeschlossen', Rogalla?"

Ich stotterte: „Glaub mir, die Tür ging wirklich von innen nicht auf."

Meine Frau glaubte mir nicht, obwohl mein Fehlen ihr doch zu denken hätte geben müssen.

„Warum hast du mich nicht früher gesucht?", warf ich ihr entnervt vor.

„Weil ich so wütend darüber war, dass du einfach aufgestanden bist anstatt mir zuzuhören. Ich wollte dir eins auswischen und bin verärgert zum Schiff gegangen.

„Und hast mich hier in diesem Verlies allein gelassen."

„Als du nicht kamst, habe ich mich an Bord abgemeldet, um dich zu suchen. ‚Beeilen Sie sich. Das Schiff kann nicht warten' sagte die Frau an der Rezeption. Ich bin überall rumgelaufen, aber auf die Idee, dass du dich auf der Toilette einsperrst, bin ich nicht gekommen."

Brigitte schaute auf die Uhr.

„Das Schiff ist weg. Was machen wir jetzt?"

Das war der Moment, der mein ruiniertes Ansehen wiederherstellte. Ich hatte Zeit genug gehabt, über diese Frage nachzudenken.

„Wir fliegen zum nächsten Hafen, den das Schiff anläuft", sagte ich weltmännisch.

„Aber Geld und Scheckkarte liegen in unserer Kabine im Safe."

Es tat mir gut, meine Frau einmal hilflos zu sehen.

„Darüber mach dir keine Gedanken", wischte ich ihren Einwand beiseite. Mich überkam ein Gefühl der Rührung, dass ich es war, der uns rettete. Ich nahm ihre Hand und drückte sie auf den Brustbeutel unter meinem Hemd. „Für einen Notfall wie diesen habe ich selbstverständlich vorgesorgt."

Wenn Cäsar nicht
das Huhn des Nachbarn gejagt hätte

Meine Frau war es leid, mich jeden Tag zu ermahnen: „Du sitzt zu viel am Schreibtisch", lud mich in ihr Auto und fuhr mit mir zum Tierheim. „Dieser Hund braucht viel Auslauf", sagte der Pfleger und zeigte auf einen freundlichen Mischling. Das war das ausschlaggebende Argument für Brigitte. Mir gefiel mehr sein Name: Cäsar, wie der römische Feldherr. Seinem Aussehen nach war sein Vater oder seine Mutter ein Jagdhund. „Aber dieses Erbe kommt nur selten zum Vorschein", sagte der Pfleger. Das kann ich bestätigen, denn bis jetzt hat Cäsar nur eine Ente erwischt, was mich dazu veranlasste, schnellstmöglich unsichtbar zu werden. Meiner Frau habe ich vorsichtshalber nichts davon erzählt. Dafür liebt mich mein Hund und ich liebe ihn.

Auch mein Nachbar Paul, ein rüstiger älterer Herr, liebt meinen Hund, oder sollte ich sagen: er liebte ihn? Diese Ungewissheit quält mich dermaßen, dass sie mir den Schlaf raubt.

Paul stand oft am Gartenzaun und unterhielt sich mit Cäsar, doch neuerdings hält er sich von ihm fern. Ich muss gestehen, dass er auch mich misstrauisch beäugt, wenn ich in den Garten trete. Leider kann ich ihn nicht fragen, warum er plötzlich so zurückhaltend ist, denn damit würde ich seine Gedanken nur in eine bestimmte Richtung lenken.

Mein Leben wäre weiterhin in ruhigen Bahnen verlaufen, wenn Paul sich nicht vor einiger Zeit ein Huhn zugelegt hätte. Er glaubte, ein frisch gelegtes Ei sei doch etwas ganz anderes als ein Ei aus dem Supermarkt. Er baute dem Tier einen geräumigen Käfig, in den es sich zurückziehen konnte, wenn ihm danach zumute war. Das Türchen zum Käfig stand stets offen. Paul liebte nicht nur meinen Hund, er liebte vor allem auch sein Huhn.

Leider mochte dieses Huhn meinen Cäsar nicht. Selbstbewusst stolzierte es am Gartenzaun entlang, ein impertinentes Geschöpf, das eindeutig auf Streit aus war. Cäsar wusste, dass er jenseits des Zauns nichts zu suchen hatte und blieb brav auf unserer Seite, so schwer es ihm auch fiel. Bis er das Gehabe des Huhns leid war und sein

Jagdinstinkt durchbrach. Schuldbewusst kam er nach Hause geschlichen, das Maul voller Federn. In Panik rannte ich nach draußen, entdeckte ein Loch unter dem Zaun, daneben weggekratzte Erde und mitten in Pauls Garten das tote Huhn.

In diesem Fall nützte es nichts unsichtbar zu werden; ich musste der Tatsache ins Gesicht sehen. Mein Herz raste. Paul würde seine Freundlichkeit vergessen und meinem Hund etwas antun, wenn er erfuhr, dass Cäsar der Übeltäter war. Gott sei Dank war er nicht zuhause.

Ohne lange nachzudenken, schob ich den Großteil der Erde zurück in das Loch unterm Zaun, nahm das tote Huhn mit zu mir und versteckte es im Kühlschrank im Keller. Dort würde es sich ein paar Tage halten, bis mir etwas Plausibles für den Nachbarn eingefallen war. Außerdem musste ich mir überlegen, wie weit ich meine Frau einweihen wollte.

Es dauerte nicht lange, da stand Paul vor der Tür und beklagte seinen Verlust. Er hatte die aufgekratzte Erde am Zaun gesehen und verdächtigte meinen Hund. „Cäsar war den ganzen Tag nicht draußen, er ist krank", log ich mit schlechtem Gewissen. „Außerdem hätte er ein viel größeres Loch gebraucht. Dein Huhn wollte sicher nur mal die Umgebung kennenlernen. Es kommt bestimmt zurück." Paul runzelte die Stirn, konnte aber nichts gegen meine Zuversicht einwenden, da wir beide vor ein paar Tagen in der Zeitung gelesen hatten, dass ein Huhn unter einer Autobahn her seinen Weg zum Nest zurückgefunden hatte. Trotzdem ging er wenig beruhigt nach Hause.

Wie konnte ich ihn glauben machen, dass sein Huhn zurückgekommen war? Ich holte ein Ei aus der Küche und legte es in der Nacht in den Käfig. Am nächsten Tag rief ich an und erkundigte mich teilnahmsvoll, ob das Huhn wieder da sei. „Nein." Paul klang aufgeregt. „Aber weißt du was? Heute Morgen lag ein Ei im Käfig." „Siehst du", sagte ich und legte so viel festen Glauben wie möglich in meine Stimme, „dein Huhn amüsiert sich zwar woanders, aber zum Eierlegen kommt es nach Hause."

Ich beglückwünschte mich zu meiner Idee, merkte jedoch, dass den Nachbarn noch etwas beschäftigte. „Es gibt da nur ein kleines

Problem", fuhr er fort, „mein Huhn legt normalerweise weiße Eier, aber das Ei heute Morgen war nicht weiß, sondern braun." „Das gibt's doch nicht", war alles, was ich herausbrachte, bevor ich auflegte.

Was nun? Ich überlegte hin und her. Vielleicht sollte ich in der folgenden Nacht ein weißes Ei in den Käfig legen. Aber Paul war klug genug, das zu durchschauen. Außerdem sah ich gerade, wie er durch seinen Garten schritt und misstrauisch zu uns herüberschaute. Cäsar würde wohl noch einen Tag im Haus ausharren müssen.

Ein Schrei riss mich aus meinen Überlegungen. Meine Frau hatte das Huhn im Kühlschrank gefunden und drohte, mich zu verlassen, wenn ich es nicht sofort entsorgte. „Was hast du dir dabei gedacht, ein Huhn mit Federn in den Kühlschrank zu legen?", fragte sie entgeistert. Brigitte wusste nur, dass Pauls Huhn „abhanden" gekommen war. Die erschwerenden Einzelheiten hatte ich ihr erspart. Jetzt musste ich ihr gestehen, dass unser Hund am „Abhandenkommen" beteiligt war, Paul aber nicht informiert wurde. Um weiterer Diskussionen zuvorzukommen – das eingeschmuggelte Ei ließ ich vorsichtshalber unerwähnt –, versprach ich ihr, das tote Tier baldmöglichst im Garten zu vergraben.

Die Gedankengänge meiner Frau werden mir ein ewiges Rätsel bleiben. Als wäre damit alles wieder im Lot, verkündete sie: „Morgen ist Sonntag. Wir laden den armen Paul zum Frühstück ein." Zu uns in die Höhle des Löwen? Ich erschrak, aber hütete mich, etwas dagegen einzuwenden. Vielleicht konnte ein gutes Frühstück Pauls Verdacht sogar zerstreuen.

Meine Frau überschlug sich in ihrer Aufmerksamkeit dem Gast gegenüber. „Lieber Paul, möchtest du dies, möchtest du das? Kaffee oder Tee? Ananas oder Pampelmuse? Ein gekochtes Ei vielleicht?" Pauls Mine hellte sich zusehends auf. Cäsar lag friedlich unter dem Tisch, den Kopf auf seinen Füßen. „Er ist noch ziemlich schwach", sagte ich.

Das Huhn war kein Thema, bis Brigitte den Deckel vom Eierkörbchen nahm. Pauls Augen verengten sich. Er verschluckte sich fast, als er stotterte: „Braune Eier." „Wir essen nur braune Eier", sagte meine Frau nichtsahnend. Ich trat sie gegen das Schienbein, was sie normalerweise zum Schweigen bringt. Leider wusste sie in diesem Fall nicht, warum sie schweigen sollte.

Mein Erfindungsgeist hilft mir zwar oft über peinliche Situationen hinweg, aber hier brachten mich meine Ablenkungsmanöver nur immer mehr in Verlegenheit. Paul aß schweigend sein Ei, verlor kein Wort über die seltsamen Vorgänge in seinem Garten. Cäsar spürte, dass irgendetwas nicht stimmte, und lief im Zimmer umher, während Brigitte die Schultern zuckte zum Zeichen, dass sie mein konfuses Gerede nicht verstand.

Ich gab vor, etwas von draußen holen zu müssen und floh an die frische Luft, um einmal tief durchzuatmen. Cäsar folgte mir dankbar. Als ich neben der Kellertreppe das Huhn entdeckte, das meine Frau aus dem Kühlschrank entfernt hatte, konnte ich nicht anders, ich gab dem toten Tier einen rachsüchtigen Tritt. Die Strafe folgte auf dem Fuße. Cäsar kam herbei gesprungen, schnappte sich das Huhn und jagte davon, als ginge es um Ballspielen. Ich rannte hinter ihm her, rief „Cäsar, Cäsar", zuerst lockend, dann drohend. Vergebens. Cäsar lief über den Rasen, dann durch das Gartentor auf die Straße. Als ich verzweifelt „Vorsicht. Auto", rief, ließ er das Huhn mitten auf der Straße fallen und kam zu mir, als sei nichts gewesen. Kaum hatte ich ihn am Halsband fest im Griff, quietschten Bremsen. Ich schloss die Augen.

Als ich sie wieder öffnete, stieg ein Mann aus seinem Auto und schaute auf das tote Huhn hinter seinem Wagen, dann auf mich und meinen Hund. Ich wich zwei Schritte zurück und war gerade im Begriff, mich für Cäsar zu entschuldigen, da sagte der Mann: „Das dumme Huhn ist einfach auf der Straße sitzen geblieben, hatte wohl Angst vor Ihrem Hund. Ich konnte nicht mehr schnell genug bremsen. Kennen Sie den Besitzer?" Ich nickte vorsichtig und zeigte auf Pauls Haus. Der Mann holte zehn Euro aus seinem Portemonnaie und drückte sie mir zusammen mit dem Huhn in die Hand. „Ich hab's leider eilig." Bevor ich etwas sagen konnte, stieg er wieder in sein Auto. „Könnten Sie mir nicht schriftlich geben, dass Sie das Huhn überfahren haben?", rief ich hinter ihm her, aber da schlug er schon die Wagentür zu. Die perfekte Lösung meines Problems, da fuhr sie dahin.

Wie ich zum Frühstückstisch zurückgekommen bin, weiß ich nicht mehr; was ich gesagt habe, ist mir auch entfallen. Ich erinnere mich nur, dass Paul bei meinem Anblick erfreut ausrief: „Ach, da bist du ja." Das kann sich allerdings auch auf das Huhn in meinem Arm bezogen haben.

MIS......Y

„Rogalla, warum gehst du nicht mit einem USB-Stick in den Drogeriemarkt und druckst deine Fotos selbst aus? Einfacher geht's nicht."

Ich merkte, wie sich die Härchen an meinen Armen vor Schreck aufstellten. Barto hatte mit seiner Frage einen wunden Punkt erwischt. Allein das Wort USB-Stick machte mir wieder einmal klar, dass die moderne Welt an mir vorbeizog und mich außen vor ließ. Ich hatte keine Ahnung, wie man mit so einem Stick umging, geschweige denn mit dem Apparat in der Drogerie, an dem man selbst die Bilder ausdruckte.

Also blieb mir nichts anderes übrig, als mich aufzumachen und die Abzüge auf die altbewährte Weise zu bestellen. „Am Donnerstag können Sie sie abholen", sagte ein freundlicher Verkäufer. Erst am Donnerstag. Das waren zwei Tage. Es fiel mir schwer, so lange zu warten, denn ich hatte eine ganze Serie Fotos von unserem herrlichen Pfau gemacht, den Brigitte für mich ersteigert hatte: Fotos von links, von rechts, mit Blitzlicht und ohne Blitzlicht, stets mit besonderem Augenmerk auf die schillernden Farben der Schwanzfedern. Ich fieberte dem Moment entgegen, wo ich die Bilder in der Hand hielt.

Am Donnerstagmorgen stand ich pünktlich um neun Uhr vor der Drogerie und stürmte, sobald die Türen geöffnet wurden, zur Fotoabteilung. Alphabetisch geordnete Tüten lagen säuberlich aufgereiht in einem Schubfach. Ich überflog die Namen: Piontek, Quast..., Raderm..., Riedel, Rogal... Da waren meine Abzüge. Ich riss das Päckchen heraus, eilte zur Kasse und zahlte. „Alle Bilder in Ordnung?", fragte die Kassiererin mit Blick auf den ungeöffneten Umschlag. „Ja, ja", sagte ich bestimmt. Zuhause würde ich in Ruhe ein Foto nach dem anderen in die Hand nehmen und mich an der Schönheit der Aufnahmen berauschen. Ein schnelles Anschauen im Geschäft wäre einer Entweihung gleichgekommen.

„Ich hab' sie", rief ich in Hochstimmung, als ich die Haustür hinter mir zugeschlagen hatte, ohne zu bedenken, dass Brigitte noch gar nicht von der Schule zurück sein konnte.

Mich in meinen Sessel setzen, die Beine auf den Hocker legen und den Umschlag aufreißen war eins. Ich lehnte mich zurück, um den großen Moment, das erste Foto, gebührend zu genießen. Leider gab es eine ärgerliche Verzögerung, denn statt meines Pfaus kam ein Schwein mit einem roten Band um den Hals zum Vorschein. Da hatte das Labor mal wieder ein Reklamefoto obenauf gelegt, um für irgendetwas, sei es Farbbrillanz oder Sonderangebote, Werbung zu machen. Ich warf es unbeachtet auf den Boden.

Die Überraschung war groß, als das nächste Foto wieder ein Schwein zeigte, dieses Mal aus einer leicht veränderten Perspektive. Ich schaute genauer hin. Weder ein Werbespruch noch sonstige Hinweise. Warum legte das Labor gleich zwei solch alberne Bildchen auf meine Kunstwerke? Beim nächsten Besuch der Drogerie würde ich das Thema ansprechen.

Als dann aber das dritte Foto denselben Hauptdarsteller zeigte, schwante mir Schlimmes. Ich griff wahllos weiter in das Päckchen und musste erkennen, dass die Abzüge auf keinen Fall mir gehörten. 30 Mal dasselbe Schweinchen, mal mit Leine, mal ohne, mal mit rotem Hütchen, mal mit einer Blume im Ohr. Zugegeben ein niedliches Tier, aber der Fotograf hatte es auf mir widerstrebende Weise in Pose gesetzt. Es tummelte sich mit Sonnenbrille am Swimmingpool, lag faul unter einem Stuhl auf der Terrasse, schaute neugierig hinter einem Blumenbeet hervor. Das war schon einfältig genug, aber bei den folgenden Bildern schüttelte ich nur noch abgestoßen den Kopf. Da räkelte sich das Schwein im Wohnzimmer in einem Sessel, unter sich eine Decke, die sehr meiner Fernsehdecke ähnelte. Als Nächstes eine junge Frau, in ihrem Arm das Schweinchen, das mir allmählich nicht mehr niedlich vorkam. So ein Tier gehörte nach draußen. Und überhaupt. Hatte die Frau nichts Besseres, das sie umarmen konnte?

Meine Pfauaufnahmen waren dagegen wahre Kunstwerke, die so schnell wie möglich gegen diese niveaulosen Aufnahmen eingetauscht werden mussten.

Ich fischte den Umschlag, den ich achtlos weggeworfen hatte, aus dem Papierkorb heraus, strich das Papier glatt und las: Rogalski. Ich wiederholte zweimal: Rogalski. Aber der Name änderte sich auch beim zweiten und dritten Lesen nicht. Ich Hornochse. Wenn ich doch nicht immer so voreilig wäre. Es war nicht nur ein falscher Name, sondern auch klar ersichtlich nicht meine Handschrift. Die Selbstvorwürfe nützten nichts, die Fotos mussten zurückgebracht werden, auch wenn es peinlich war, zuzugeben, dass man den eigenen Namen verwechselt hatte. Aber vielleicht ließ es sich umgehen, indem ich einfach den Umschlag unauffällig zuklebte, die fremden Fotos in das Fach zurücklegte und dafür meine eigenen herausnahm. Am liebsten wäre es mir natürlich, wenn ich Brigitte überreden könnte, das für mich zu erledigen.

Zufrieden, eine gute Lösung gefunden zu haben, lehnte ich mich zurück und wartete auf meine Frau. Das Schweinchen lächelte mich vom Foto her an, aber die aufgesetzten Posen langweilten mich in- zwischen. Ich suchte stattdessen die Abzüge mit der jungen Frau aus dem Stapel. Auch wenn es mich störte, dass sie das Schweinchen wie ein Baby auf dem Arm hielt, so hatte sie doch etwas Anziehendes. Schlanke Beine, vielleicht etwas viel Busen, – so weit das Schwein- chen das erkennen ließ –, wohlgeformte Arme. Mein Blick rutschte die Oberarme hinauf und blieb an einem halb sichtbaren Tattoo hän- gen. Dreieinhalb Buchstaben, die sich mit bloßen Augen nur schwer entziffern ließen. Der fehlende Teil wurde von der Schnauze des Schweinchens verdeckt. „Weg da! Dein Maul hat da nichts zu su- chen", rief ich dem Tier zu. Ich weiß, meine Angewohnheit, laut mit jemandem zu sprechen, der sich gar nicht im Raum befindet, kostet Brigitte eine Menge Nerven. Aber all ihre Mühen, mich von dieser Unart zu befreien, waren bisher erfolglos.

Welches Wort auch immer sich hinter dem Tattoo versteckte, ir- gendwie würde ich es herausbekommen, denn Tätowierungen zogen mich magisch an, seit mir eine Gruppe Jugendlicher die wahnwit- zigsten Gründe für die Verunstaltung ihres Körpers genannt hatte. Und eine Verunstaltung ist es, dabei bleibe ich, auch wenn manche der gestochenen Muster faszinierenden Gemälden gleichen.

Ich blätterte also die Fotos durch, ob irgendwo das komplette Tattoo zu sehen war, um das halb verdeckte Wort enträtseln zu können. Aber außer den drei Buchstaben MIS und einem Y, das rechts hinter dem Maul des Schweinchens hervorlugte, war nichts zu sehen. Als ich al- lerdings mit der Lupe langsam über eins der Fotos fuhr, entdeckte ich zwei weitere Schriftzeichen, dieses Mal jedoch auf dem Hinterteil des Schweinchens. Eins war unleserlich, da die Haut gerade an dieser Stelle durch den Arm der Frau zusammengedrückt wurde. Aber das zweite war eindeutig ein Y, das gleiche wie bei der jungen Frau.

Jetzt war es um meine Ruhe geschehen.

Die Enttäuschung, dass ich fremde Bilder statt meiner eigenen mitgenommen hatte, steckte ich einigermaßen gefasst weg. Schließlich war das Porträt meines Pfaus den dilettantischen Schweinchenbildern in jeder Hinsicht überlegen. Aber die rätselhafte Tätowierung auf der Schulter der Frau und nun auch noch auf dem Hinterteil des Schweinchens weckten den unbändigen Drang in mir, den Dingen auf den Grund zu gehen. Welche Buchstaben fehlten da? Ich grübelte schon über die Wörter nach, die man mit den Buchstaben bilden konnte: *MISERY, MISERABLY, MISERLY*, das war alles zu negativ für so eine hübsche Frau. *MISTERY* vielleicht; das musste ich erst mal im Lexikon nachsehen. Oder *MISTY*? Ein deutsches Wort mit einem y am Ende fiel mir nicht ein.

Wo konnte ich die Frau mit dem Tattoo finden? War ihr Name mit dem Namen auf der Tüte, die ich in Händen hielt, identisch? Rogalski? Dann würde sie auf jeden Fall in die Drogerie kommen, um ihre Fotos abzuholen, schloss ich messerscharf. Wenn ich ein bisschen durch die Gänge schlenderte und dabei den Schrank mit den erledigten Aufträgen im Auge behielt, gab es vielleicht die Chance, sie zu sehen. „Also los, Rogalla", scheuchte ich mich aus dem Sessel. Ich überlegte schon, wie ich die Frau ansprechen würde. „Meine liebe Dame, ich hatte bereits das Vergnügen, Sie indirekt kennenzulernen." Das würde sie nicht verstehen. Ich musste mich erst mal entscheiden, wie ich ihr gegenübertreten wollte: mit ihren Aufnahmen in der Hand und einem schuldbewussten Ton in der Stimme, oder selbstbewusst und mit einem Augenzwinkern, das zeigte, dass ich ihre Fotos kannte. „Mach es von der Situation abhängig", sagte ich mir.

Die Zeit drängte. Ich schrieb schnell einen Zettel für Brigitte: *Warte nicht mit dem Mittagessen auf mich. Bin in der Drogerie Fotos abholen. Kann dauern.*

Mein erster Blick ging zu dem Schubfach, in dem die abzuholenden

Päckchen lagerten. Niemand zu sehen. Aufmerksam las ich die Namen noch einmal, die mich heute Morgen so durcheinander gebracht hatten: Radermacher, Riedel, Rogalla. Stopp! Mit klopfendem Herzen zog ich das Päckchen heraus und war gerade im Begriff, den Umschlag aufzureißen, als mir einfiel, dass es vielleicht besser sei, die Frau mit dem Tattoo erst mal meine Aufnahmen in die Hand nehmen zu lassen. Dann könnte ich mit ihren Fotos wie zufällig dazu kommen und ein Gespräch mit ihr beginnen.

Ich stellte mich in den Gang mit Haarpflegemitteln, um möglichst schnell reagieren zu können, sollte die Frau sich zeigen. Sobald eine Verkäuferin in meiner Nähe auftauchte, bückte ich mich zum untersten Regal oder ging kurzfristig in den nächsten Gang. Dennoch sprach mich nach einiger Zeit eine freundliche Mitarbeiterin im grünen Kittel an: „Kann ich Ihnen irgendwie helfen?" Der Tonfall signalisierte, dass ich ihr schon länger aufgefallen war. Da vor mir ein Haarfärbemittel mit der Aufschrift *Goldbraun* lag, stotterte ich: „Haben Sie das auch in Goldblond?" Die Frau im grünen Kittel sah mich und meine dunkelbraunen Haare zweifelnd an: „Ist es für Sie selbst?" Ich wollte gerade antworten, dass es sie nichts anginge, da sah ich, wie eine Gestalt in einem roten Strickjäckchen sich auf das Fotoschubfach zubewegte. Blonde Haare und ein rotes Jäckchen, das passte. Ich drängte mich zwischen Regal und grünem Kittel durch und hastete zu der Frau, die bereits die ersten Buchstaben im Alphabet zur Seite schob. „Entschuldigen Sie", sagte ich vorsichtig. „Ich hätte etwas mit Ihnen zu besprechen." Die Frau blickte nicht gerade freundlich auf. „Mit mir?" Fehlanzeige. Sie war es nicht. Ich entschuldigte mich noch einmal und zog mich auf einen anderen Beobachtungsposten zurück, dieses Mal in den Gang für Zahnhygiene.

In der Fotoabteilung herrschte reges Leben. Alle Computerplätze waren belegt von intelligenten Menschen, die ihre Fotoarbeiten selbst in Angriff nahmen. Das Abholfach für bestellte Abzüge von nicht so begabten Mitmenschen war weniger frequentiert. Nach den Fotos zu urteilen hätte die Tattoofrau eher an einen der Computerplätze gepasst. Aber vielleicht sträubte sie sich wie ich, dem technischen Fortschritt hinterherzulaufen, eine Vermutung, die sie mir sympathisch machte. Als Kontrast ein Tattoo und ein

Schweinchen als Haustier. Diese Mischung müsste eine spannende Hauptfigur für eine Geschichte geben. Ich sah den Titel vor mir: *MIS......Y*, vielversprechend und rätselhaft.

Wenn nur die Hauptfigur endlich auftauchen würde. Anderthalb Stunden waren inzwischen vergangen, ohne dass ich eine Person entdeckt hätte, die der jungen Frau auf dem Foto ähnlich sah. Irgendwann musste sie doch kommen, ihre Abzüge suchen und kopfschüttelnd die Tüte mit meinem Namen in die Hand nehmen.

Ein älteres Ehepaar stellte sich vor mich und diskutierte über Zahnbürsten: „Du solltest eine weiche nehmen. Mit den harten komme ich gar nicht zurecht", sagte die Frau.

„Nicht du musst damit zurechtkommen, sondern ich", sagte der Mann. Das hörte sich nach einem schönen Ehestreit an, der ein wenig Abwechslung in mein Warten brachte. „Nehmen Sie die harte", unterstützte ich den Mann. „Halten Sie sich da raus", wies mich die Frau zurecht und ging schimpfend davon.

Der Blick auf den Fotoschrank war wieder frei. Ein Mann in meinem Alter suchte gerade nach seinen Abzügen; so wie es aussah, fand er sie nicht. Er wandte sich an einen Mitarbeiter der Fotoabteilung, trat nah an ihn heran, las sein Namensschild und fragte ziemlich übellaunig: „Wieso sind meine Fotos nicht da, Herr Mayer? Zwei Tage dauert's, haben Sie gesagt." Herr Mayer beschränkte sich auf die knappe Aufforderung: „Ihren Namen, bitte". „Rogalski." „Rogalski? Den habe ich gestern Abend selbst einsortiert. Warten Sie." Mit einem Schlag war ich hellwach. Einen Mann hatte ich nicht erwartet. Was hatte er mit der Frau auf den Fotos zu tun? Vor allem beschäftigte mich eins: Wenn die Frau nicht kam, wie würde ich jemals das komplette Tattoo sehen? Herr Mayer hatte inzwischen selbst die vermissten Abzüge gesucht und hielt triumphierend ein Päckchen hoch: „Rogalla, hier sind sie doch." „Nicht Rogalla, Rogalski", sagte der Mann aufgebracht, woraufhin Herr Mayer den Quengler zurecht wies: „Nun schauen Sie doch erst mal in die Tüte. Der Name klingt zum Verwechseln ähnlich, da könnte es doch sein, dass Ihre Fotos in diesem Umschlag gelandet sind."

Ich wusste, es wurde höchste Zeit, dass ich mich einmischte, aber noch lähmte mich der Schock, dass die falsche Person aufgetaucht war. Der Mann riss das Papier auf, nahm die Fotos heraus und belohnte mich mit dem lautesten Oh, das ich je gehört habe. Kein Wunder, dass er so begeistert war. Beim nächsten Bild pfiff er, anerkennend, wie konnte es anders sein.

Jetzt hielt mich nichts mehr zurück.

„Das wunderbare Tier gehört mir", sagte ich stolz.

„Wunderbar? Was ist denn an einem ausgestopften Pfau wunderbar?"

„Ja, sehen Sie denn nicht die schimmernden Farben?" Wie lange hatte ich auf den richtigen Lichteinfall gewartet, bis ich glaubte, den perfekten Moment für die Aufnahmen erwischt zu haben. Und jetzt glaubte dieser Rogalski, meinen Pfau runtermachen zu können. Schon fuhr er fort: „Ein ausgestopftes Tier, und dann so viele Aufnahmen. Außerdem sieht der Vogel doch von allen Seiten gleich aus."

Das reichte. Ich hielt ihm das Foto mit dem Schweinchen auf der Decke entgegen. „Ist das etwa besser?"

Ungläubig riss er mir das Foto aus der Hand, schaute erst auf das Schwein, dann auf mich. „Sie haben meine Abzüge genommen? Wie kommen Sie dazu?" Ich gab ihm keine Antwort, denn schließlich hatte er meinen Pfau beleidigt. Aber unkommentiert konnte ich die Herabsetzung meiner Aufnahmen nicht lassen.

„Auf dem Sofa sitzen und ein Schwein im Arm halten, das finden Sie ein tolles Motiv, ja?"

„Oh. Sie haben sich scheint's alle meine Fotos angesehen. Ihre eigenen waren Ihnen wohl zu langweilig. Aber wenn man kein besseres Motiv als einen ausgestopften Vogel hat …" Rogalski hob meine Abzüge wie eine Trophäe in die Luft, zog ein Foto heraus und hielt es mir vor das Gesicht. Mein Pfau in vollkommener Schönheit, verspottet von diesem unbedarften Hinterwäldler. Das hatte das arme Tier nicht verdient. Der Mann musste sofort in seine Schranken gewiesen werden. Zornig holte ich nun ebenfalls ein Foto aus Rogalskis Tüte, die ich immer noch fest in den Händen hielt, wedelte damit vor seinen Augen auf und ab und rief laut:

„Meine Aufnahmen sind künstlerisch durchdacht, während Ihr

Schweinchen mit einem albernen Hütchen daherkommt. Und dann lassen Sie ihm auch noch ein Tattoo stechen."

Die Augen des Mannes wurden schmal. „Das Tattoo geht Sie nichts an. Und jetzt geben Sie mir meine Bilder." Er kam auf mich zu und versuchte, mir seine Tüte zu entreißen. Als ich mich wehrte, stieß er mich so fest mit der Faust gegen die Brust, dass ich stolperte und mich reflexartig an meinem Gegner festhielt. Dabei müssen wir wohl beide die Hände geöffnet haben, denn auf dem Boden verstreut lagen sowohl Schweinchen wie auch Pfau friedlich vereint.

Rogalski reichte mir wortlos ein paar eingesammelte Pfauenbilder. „Tut mir leid, dass ich Sie gestoßen habe." Dann hielt er mir das Foto mit der jungen Frau und dem tätowierten Schweinchen entgegen und sagte: „Das Tier zerstört meine Blumenbeete und bringt jeden Tag neue Unordnung in die Wohnung; ich wäre es lieber heute als morgen los. Aber ich habe nur diese eine Tochter und sie liebt dieses Schweinchen über alles."

Während wir uns bückten, um die restlichen Fotos aufzuheben, fuhr Rogalski leise fort: „Eines Tages kamen die beiden mit diesem scheußlichen Tattoo nach Hause. Ich wollte es nicht glauben, als ich las: Miss Piggy." Miss Piggy? Ich schlug mir gegen die Stirn. Natürlich. MIS ... Y. Die einfachste Lösung, und ich war nicht darauf gekommen. Rogalski ließ mir keine Zeit zum Nachdenken. Seine Stimme wurde laut, als müsse er etwas loswerden, das ihn seit langem beschäftigte. „Ich schimpfte: Und was machst du, wenn du Miss Piggy eines Tages leid bist? Sie lachte nur: ‚Ach Papa, dann lass ich mir mein Tattoo erweitern: *Sorry, Miss Piggy. Es war schön mit dir.*' Und wie ich meine Tochter kenne, macht sie es wirklich. Sie können sich vorstellen, dass ich alles tue, um das Tier bei Laune zu halten."

Luise bleibt hier!

„Freitag kommt meine Mutter", hatte Brigitte gesagt, was bei mir fieberhafte Aktivität auslöste. Nicht dass ich Angst vor Brigittes Mutter hätte und deswegen glaubte, Regale und Schreibtisch aufräumen zu müssen. So etwas würde sie noch nicht einmal bemerken. Nein, das Problem lag ganz woanders. Magda, meine mit einigen Marotten behaftete Schwiegermutter, ist mehrfach in Nepal gewesen und hat jedes Mal eine Klangschale mitgebracht, deren wohltuende Wirkung sie jedem angedeihen lässt, der ihr nicht schnell genug aus dem Wege geht.

Unser Gästezimmer liegt neben meinem Arbeitszimmer, was bei Magdas letztem Besuch zur Folge hatte, dass sie immer mal kurz bei mir hereinschaute um festzustellen: „Du bist überarbeitet. Soll ich nicht mal …" „Nein, liebe Magda, ist nicht nötig." „Aber es würde dir guttun." Beim vierten Angebot gab ich mürbe geworden nach, und das wollte ich dieses Mal verhindern. Also brachte ich meine lebensnotwendigen Dinge aus dem Arbeitszimmer in unser Schlafzimmer in der Hoffnung, dass Magda sich nicht traute, hier unaufgefordert hereinzuschneien.

„Jetzt schleppst du auch noch deinen Schreibtisch hierher. Meine Mutter bleibt doch nur für eine Woche." Brigitte war eindeutig nicht begeistert. Als ich dann mit meinem Pfau im Arm daherkam, war ihre Geduld zu Ende. „Der Pfau kommt mir nicht ins Schlafzimmer." „Aber ich brauche ihn als Inspiration für meine Geschichten." „Die Muse wird dich nicht gerade in dieser Woche küssen", spottete Brigitte. Das war unfair von ihr. Man kann ja nie wissen, wann ein Text unbedingt geschrieben werden will. Manchmal sitze ich stundenlang am Schreibtisch und starre auf den Pfau und sein prächtiges Gefieder, ohne dass ein brauchbarer Gedanke sich einstellt. An anderen Tagen reihen die Sätze sich leichtfüßig aneinander, und ich bilde mir ein, der Pfau lässt seine Federn dann besonders leuchten.

Magda kam mit dem Taxi vorgefahren, wartete, bis ihr der Fahrer die Tür aufhielt und versuchte damenhaft auszusteigen, was ihr mit ihrem wallenden Althippie-Gewand einige Schwierigkeiten bereitete.

„Seien Sie doch bitte vorsichtiger mit meinem Koffer!", schimpfte sie, als der Fahrer ihr Gepäck aus dem Kofferraum holte. „Der Inhalt ist empfindlich." Ich wusste Bescheid: die Klangschalen. Vorsichtshalber griff ich mir den nächsten Koffer und schob ihn Richtung Haustür.

„Halt, wo wollen Sie denn hin mit meinem Gepäck?" Die Stimme kam aus dem Fond des Taxis – Magda hatte selbstverständlich vorn gesessen. Eine Frau malte sich mit leicht zittrigen Händen ihre Lippen nach, befeuchtete ihre Finger mit Spucke und drückte die Ponyfransen aus der Stirn, so dass sie vorwitzig nach oben schauten. Der Taxifahrer wartete ungeduldig.

„Rogalla, das ist meine Freundin Luise; ich hoffe, Brigitte hat nichts dagegen, dass ich sie mitbringe. Aber heute passte es gerade gut."

Warum es gerade heute gut passte, blieb unerwähnt. Ebenso unwichtig schien die Frage zu sein, ob es auch mir passte.

„Wie lange bleibt sie denn?"

„Na, so lange wie ich. Eine kleine Woche."

„Oh! Und wo schläft sie?"

„Ich dachte, auf der Liege in deinem Arbeitszimmer."

In meinem Arbeitszimmer! Ich erinnerte mich schwach an den Namen Luise, hatte ihn wohl bei Telefongesprächen zwischen Mutter und Tochter aufgeschnappt, aber ich wusste nichts über sie. Womöglich rupfte diese Luise meinem Pfau eine Schwanzfeder aus, um sie sich in die Haare zu stecken. Der Gedanke ließ mich schaudern und zu einer Notlüge greifen.

„Ich habe gerade mein Arbeitszimmer ausgeräumt, weil es gestrichen wird", sagte ich so bedauernd wie es eben ging.

„Ausgeräumt?", fragte Magda überrascht.

„Hättest du Bescheid gesagt, dass du Besuch mitbringst, hätte ich natürlich einen anderen Termin für den Maler ausgesucht."

„Und wohin hast du die Liege gestellt?"

Da half jetzt keine Notlüge.

„Die Liege steht noch im Arbeitszimmer. Der Maler wird sie abdecken, bevor er streicht."

„Das werden wir ihm ausreden. Luise braucht ihren Schlaf." Wenn ich bis jetzt der Auffassung war, Brigitte habe mit ihrer Mutter nichts gemeinsam, so erinnerte mich die Art und Weise, wie Magda den letzten Satz ausgesprochen hatte, sehr an die unmissverständliche Anweisung meiner Frau: „Der Pfau kommt nicht ins Schlafzimmer." Inzwischen stand auch Luise auf dem Bürgersteig. Vielleicht etwas wackelig auf den Beinen, aber mit nach oben gezwirbeltem Pony und hellrosa Lippen, deren Rand sie in Ermangelung eines Spiegels großzügig übermalt hatte.

„Beeil dich etwas, Luise. Meine Tochter wartet schon."

„Und mein Gepäck?"

„Keine Sorge; mein Schwiegersohn bringt alles ins Haus."

Vielleicht sollte ich ein paar Tage zu Barto ziehen, ging es mir durch den Kopf. Ich könnte ihm in der Kneipe helfen oder für seine Frau Botengänge machen. Irgendetwas würde mir schon einfallen, um mich nützlich zu erweisen.

Brigitte war zwar überrascht, dass ihre Mutter einfach eine Freundin mitbrachte, aber sah darin kein größeres Problem.

„Luise schläft am besten auf deiner Liege, Rogalla."

„Aber der Maler kommt doch", wandte ich ein und zwinkerte ihr zu. Brigitte ist eine großartige Ehefrau. Sie verstand sofort, sagte nichts, sondern sah mich nur durchdringend an. Mutig fuhr ich fort: „Ich quartiere mich so lange wie der Maler da ist am besten bei Barto ein."

Brigittes Gesicht verfinsterte sich.

„Bei Barto? Das geht leider nicht.

„Warum nicht?"

„Weil Barto eben angerufen hat. Er fliegt nach Italien zur Testamentsvollstreckung seiner Tante."

1 : 0 für Brigitte. Das war die Revanche für den Maler und dafür, dass sie meine Notlüge jetzt irgendwie wieder ausbügeln musste.

Magda schob Brigittes Muschelsammlung im Regal zur Seite, um dort ihre Schalen aufzubauen.

„Nach all der Aufregung wird dir eine Klangschalenmassage gut tun, Luise."

Luise nickte.

„Aufregung? Hoffentlich nichts Schlimmes", sagte Brigitte mitfühlend. Luise sah Magda fragend an, die sogleich für sie antwortete:

„Sie muss einfach raus aus dem schrecklichen Altenheim. Zumindest für ein paar Tage, denn man behandelt sie dort, als sei sie im Kopf nicht ganz klar. Vor allem so ein schräger Dr. Vissmann hat sich auf sie eingeschossen. Und heute konnte ich sie rausschmuggeln, ohne dass einer etwas gemerkt hat."

Diese Auskunft hielt Magda für ausreichend, um dann übergangslos und ausführlich von ihrer aufregenden Reise nach Tibet zu erzählen, wo sie die Älteste in der Gruppe war, was ihr aber niemand geglaubt hatte. Luise unterbrach sie plötzlich:

„Das nächste Mal nimmt Magda mich mit. Heute war nur eine Probe."

„Und die hast du bestanden", versicherte ihr Magda, strich ihr über den Arm und schilderte weiter ihre tiefgreifenden Erlebnisse, die das nächste Mal auch Luise begeistern würden.

Ich war froh, als das Telefon klingelte. Wer immer es war, ich würde das Gespräch ausdehnen, um Magdas Reisebericht für einige Zeit zu entrinnen.

„Hildebrecht, Seniorenresidenz am Simonsberg. Entschuldigen Sie die Störung, aber wir vermissen unsere Insassin Luise Schröder und wir haben den starken Verdacht, dass Sie mit dem Taxi zu Ihnen gefahren ist."

Eine unsympathische Stimme. Sollte ich dieser Frau gestehen, dass Luise bei uns war? Ich hatte schließlich keine Ahnung, ob es ihr in dem Seniorenheim gut oder, wie Magda sagte, schlecht ging. Besser war eine vage Antwort, die alles offen ließ.

„Ich kann Ihnen nicht sagen, ob sie bei uns ist. Ich komme gerade nach Hause und habe noch nicht einmal meine Frau begrüßt."

„Wissen Sie, sie hat davon gesprochen, dass sie verreisen würde, nach Nepal oder Tibet, aber wir haben natürlich nie geglaubt, dass sie es wahr machen könnte. Sie muss sich heute an der Pforte vorbeigeschlichen haben."

„Und warum sollte sie jetzt gerade bei uns sein?"

„Weil wir Ihre Adresse auf dem Nachttisch gefunden haben."

Wenn doch die Frauen im Hintergrund nicht so laut reden würden. Ich machte ihnen wilde Zeichen, aber sie begriffen nicht.

„Ich schlage vor, ich rufe Sie an, sobald ich Näheres weiß", sagte

ich. Bevor Frau Hildebrecht etwas entgegnen konnte, legte ich auf.
„Wer war das denn?" fragte Brigitte, die wie üblich zwei Gesprächen gleichzeitig gelauscht hatte. Ich beneide meine Frau um diese Gabe, vor allem, weil sie es schafft, sich abwechselnd auf einer der beiden Seiten mit einem erstaunten „Wirklich?" oder „Tatsächlich?" einzuklinken.

Als Luise hörte, wer angerufen hatte, seufzte sie ergeben und zog die in die Luft gezwirbelten Ponyfransen wieder in die Stirn. Gleich würde sie auch den rosa Lippenstift abwischen.

„Ich wusste, es würde nicht gut gehen", jammerte sie.

„Reg dich nicht auf, Luise. Wir regeln das." Magda klang überzeugend. „Leg dich auf Rogallas Liege. In einer Stunde geht's dir besser."

Luise erhob sich gehorsam und ging in mein Arbeitszimmer.

Das Telefon klingelte erneut.

„Noch einmal Residenz am Simonsberg. Sie haben zu schnell aufgelegt. Ich bin sicher, Frau Schröders Stimme im Hintergrund gehört zu haben. Deswegen schicke ich gleich zwei Männer vorbei, die unsere Insassin abholen."

Magda holte eine ihrer Schalen aus dem Regal und schimpfte beim Hinausgehen: „Sollen sie kommen. Luise bleibt hier!"

Es dauerte nicht lange, bis ein Kombiwagen vor dem Haus hielt und zwei Männer ausstiegen.

„Rogalla, da sind sie", sagte Brigitte, „wimmle sie ab."

Es kommt selten vor, dass meine Frau mich um Beistand bittet. Deswegen öffnete ich selbstbewusst die Tür, bat die beiden herein und fragte sie etwas von oben herab, was sie denn überhaupt berechtige, Frau Schröder abzuholen. Schnell fügte ich hinzu: „Angenommen, sie wäre wirklich bei uns."

„Befehl von oben", war alles, was sie zu sagen hatten,

woraufhin ich ebenso kurz entgegnete: „Sie ist nicht hier."

Die beiden Männer sahen sich ratlos an.

In diesem Moment öffnete sich die Arbeitszimmertür und Magda erschien in ihrem wallenden Gewand, in der rechten Hand ihre Jupiterklangschale – „Handgeschmiedet". Das wusste ich noch von ihrem letzten Besuch. – Was mich aber mehr beeindruckte, war die linke

Hand. Wie eine Priesterin in einem Tempel hielt sie eine Pfauenfeder und schritt auf uns zu. Ich erstarrte, wollte aufschreien, aber es kam nur ein heiserer Ton aus meinem Mund. „Tut mir leid", sagte Magda leise, als sie an mir vorbeiging, um würdevoll die beiden Männer zu umrunden, dabei unverständliche Gebete murmelnd. Dann schob sie die Feder unter ihren Gürtel, schlug mit dem Klöppel an die Schale und ließ den Ton den ganzen Raum erfüllen.

Die Männer rührten sich nicht.

Als die Schwingungen nicht mehr wahrnehmbar waren, holte Magda die Feder wieder hervor und hob und senkte sie, als ginge es um ein uraltes Ritual. Mein armer Pfau. Das hatte er nicht verdient. Ich konnte nicht anders, ich stürzte auf Magda zu und rief: „Gib her." Magda reichte mir hoheitsvoll die Feder, zischte mir aber gleichzeitig ins Ohr:

„Verstehst du denn nicht?", wobei sie den Kopf in Richtung Männer beugte.

Mit etwas schlechtem Gewissen und um ihr zu zeigen, dass ich sehr wohl verstand, machte ich eine doppelte Verbeugung. Magda ließ noch einmal die Schale klingen und wandte sich an die beiden Besucher, die weiter stumm verharrten:

„Möchten Sie vielleicht eine Klangmassage hier auf dem Sofa? Sie würde Ihnen sicher gut tun, denn der Ton dieser Schale wirkt kräftigend und energieaufbauend und hilft bei Verstopfung und bei Knieproblemen."

Jetzt übertrieb sie. Das konnte niemand mehr ernst nehmen, auch wenn Magda sicher fest an die speziellen Heilungskräfte ihrer Schalen glaubte. Ich schaute ängstlich zu den beiden Männern, die gleich die Wohnung nach Luise durchsuchen würden. Der Ältere beugte sich zum Jüngeren hinab:

„Lass uns gehen. Die Schröder würde niemals freiwillig hierher kommen. So verrückt ist sie nicht. Lieber sollten wir die spinnerte Alte mit ihrem Messingtopf mitnehmen."

Der Jüngere nickte.

„Dr. Vissmann hätte seine Freude an ihr."

Wir gehen zu den Elefanten

Ich weiß nicht mehr genau, wie der ganze Zirkus begann, ich erinnere mich nur, dass ich erschöpft neben Brigitte im Café des Kaufhauses saß und eine Tasse Tee trank. Meine Frau war bester Laune, weil sie in einem kleinen Geschäft endlich einen Mantel gefunden hatte, der ihren Vorstellungen entsprach.

Am Nebentisch unterhielt sich ein Ehepaar, um einiges jünger als wir. Zumindest glaubte ich, es sei ein Ehepaar, bis das Kind, das neben den beiden saß und sich offensichtlich langweilte, mehrmals fragte: „Papa, wann kommt Mama?" Der Vater antwortete genervt: „Bald, Lisa." Eine Antwort, die mir sehr unpädagogisch vorkam, denn man sollte auch Kindern gegenüber präzise sein. Auch wenn uns in unserer Ehe Nachwuchs versagt blieb, so habe ich doch immer die Rechte von Kindern verteidigt, und als der Vater wieder einmal „Bald, Lisa" sagte, glaubte ich, eingreifen und die Kleine unterstützen zu müssen: „Sie sollten Ihrer Tochter eine vernünftige Antwort geben, wenn sie eine Frage stellt."

Der Vater schaute überrascht herüber. Ich konnte seine Gedanken lesen: Wohl wieder einer von diesen Besserwissern, die zu allem ihren Senf dazugeben und die man am besten ignoriert. „Lassen Sie das nur meine Sorge sein", meinte er und unterhielt sich weiter mit der Frau neben ihm, als sei ich nicht anwesend.

Das gefiel nun wiederum meiner Frau nicht. Einerseits schämt sie sich immer für mein – ihrer Meinung nach – peinliches Benehmen, andererseits kann sie es nicht leiden, wenn man ihren Mann wie ein Nichts behandelt. Also begann sie ein Gespräch mit dem unbekannten Paar, was mich nervös auf dem Stuhl hin und herrutschen ließ, weil ich nie wusste, was dabei herauskam. Mal ergriff sie meine Partei, mal verbündete sie sich mit der Gegenseite.

„Mit einem Kind hat man einfach keine Ruhe", begann Brigitte, obwohl sie keinerlei Erfahrung mit Kleinkindern hat. Die Frau am Nebentisch nickte.

„Vielleicht sollten Sie Ihrer Tochter eine Geschichte vorlesen. Wie es aussieht, langweilt das Kind sich."

„Das ist nicht meine Tochter", sagte die Frau.

„Nein?"

„Nein. Meine Freundin ist im Untergeschoss beim Friseur und hat Lisa so lange bei uns gelassen."

Plötzlich sah meine Frau eine Einkaufstüte am Nebentisch stehen, die aus demselben kleinen Geschäft stammte, in dem sie soeben ihren Mantel gekauft hatte. Sofort nahm das Gespräch eine vollkommen andere Richtung. Lisas Vater widmete sich seinem Kuchen, da er von der Unterhaltung ausgeschlossen war. Die Kleine quengelte vor sich hin. Um der unbeachteten Lisa meine Sympathie zu zeigen, zwinkerte ich ihr zu und versuchte, mit den Ohren zu wackeln. Fasziniert schaute die Kleine mich an und kam neugierig ein paar Schritte näher. Ich summte leise: „Alle meine Entchen" und schlug im Takt dazu mit dem Kaffeelöffel an meine Tasse, woraufhin Lisa endgültig ihre Scheu verlor. Sie holte ihre Puppe und forderte mich auf: „Gretel braucht neue Windel." Ich gebe zu, dass ich das Kind am liebsten zurück zu seinem Vater geschickt hätte, aber das war wohl nicht möglich nach meinen Besserwisser-Ratschlägen. Also bemühte ich mich, der Puppe ein taschentuchähnliches Stück Stoff, das immer wieder verrutschte, um den Po zu wickeln.

„Ihr Mann scheint sich wirklich mit Kindererziehung auszukennen", sagte die Frau am Nebentisch.

„Er ist der geborene Pädagoge", bestätigte meine Frau.

Lisas Vater lächelte entspannt.

Als die Windel endlich durch eine Strumpfhose an ihrem Platz gehalten wurde, holte Lisa ein grellrosa Kleidchen, dessen Farbe meine Künstlerseele aufs Gemeinste beleidigte. „Anziehen", sagte Lisa bestimmt.

„Wie alt bist du denn?", überhörte ich die Aufforderung.

Lisa hob drei Finger, hielt mir ihre Puppe hin und wiederholte: „Anziehen." Ich lächelte gequält, versuchte das Kind abzulenken.

„Ich glaube, dein Vater ist traurig, wenn du gar nicht bei ihm bist."

„Nein", sagte Lisa.

„Lassen Sie nur. Sie fühlt sich bei Ihnen scheint's sehr wohl", beruhigte mich der Vater. Lisa hing an meinen Knien.

„Anziehen", wiederholte sie zum dritten Mal.

Erst eine Windel für die Puppe, dann eine Strumpfhose und nun ein grellrosa Kleidchen. Ich stieß meine Frau an, aber sie tat, als spüre sie nichts.

„Brigitte", sagte ich leise, aber doch laut genug, dass sie es hören musste.

Meine Frau drehte sich zu mir um und sagte: „Rogalla, nun stell dich nicht so an und tu, was das Kind will." Die Frau am Nebentisch nickte zustimmend. Als sie jedoch meinen hilflosen Blick sah, glaubte sie wohl, mir beistehen zu müssen und schlug vor: „Gehen Sie doch mit Lisa in die Spielwarenabteilung zwei Etagen tiefer; da ist das Kind abgelenkt. Was meinst du, Max?" Obwohl Lisas Vater nur halb zugehört hatte, war er sofort einverstanden.

Ich nahm also Lisa bei der Hand, erklärte ihr, dass wir in die Spielwarenabteilung gingen, und dass dort Elefanten und Tiger auf sie warteten. Warum ich gerade Elefanten und Tiger versprochen habe, weiß ich nicht mehr; wahrscheinlich hatte ich die Schaufensterausstellung vor Augen, wo sich die Kinder vor den großen Steifftieren die Nase plattdrückten. Lisa war jedenfalls begeistert und lief munter neben mir her. Sie schien den Vater und die Freundin der Mutter nicht zu vermissen, ebenso wenig wie die drei zurückgebliebenen Erwachsenen uns vermissten.

Vertrauensvoll hielt Lisa meine Hand und ließ sich vor der Rolltreppe widerstandslos auf den Arm nehmen. Ich summte „Zum Geburtstag viel Glück", obwohl niemand Geburtstag hatte, aber mir fiel kein Kinderlied ein. Lisa begann mitzusingen, zuerst leise, dann lauter, was die vor und hinter mir Stehenden mit einem Schmunzeln quittierten. Ich reckte stolz den Kopf und fand die Welt mit so einem liebenswürdigen Wesen auf meinem Arm unerwartet angenehm, bis das Kind plötzlich stockte und laut „Mama" rief. Sie winkte einer Frau zu, die auf der Rolltreppe neben uns in die Gegenrichtung nach oben fuhr. Die Frau zuckte zusammen, riss die Augen auf und rief entsetzt: „Lisa!" Lisa erwiderte fröhlich: „Ich gehe zu den Elefanten." Die Frau fuchtelte mit den Armen, versuchte gegen die Richtung die Rolltreppe hinab zu laufen, was ihr nicht gelang. Der Abstand zwischen ihr und uns vergrößerte sich. Sie schrie: „Hilfe! Helft mir! Haltet den Mann." Glaubte Lisas Mutter etwa, ein Unbekannter wollte ihr Kind entführen?

Was sollte ich machen? Laut erklären, wer ich war?

„Lisa, ich komme! Hab keine Angst", rief die Frau, noch nicht ganz oben, als wir bereits das untere Ende der Rolltreppe erreicht hatten. „Wir gehen zu den Elefanten", sagte Lisa und sah mich flehend an. Ich ließ das Kind von meinen Armen rutschen und nahm es bei der Hand, um auf die Mutter zu warten, die im Laufschritt die Rolltreppe wechselte. „Wir können nicht zu den Elefanten gehen, Lisa; deine Mutter holt dich." „Nein", rief Lisa, riss sich los und rannte heulend davon. Einen kurzen Moment verharrte ich starr vor Schreck, dann lief ich ihr nach, hinter mir die gellende Stimme der Mutter: „Halten Sie den Mann fest. Hilfe!"

Die Verkäuferinnen und die Kunden beobachteten neugierig das seltsame Schauspiel: Ein Kind, das durch die Spielzeugabteilung rannte und zornig „Elefanten" plärrte, ein Mann, der es verfolgte, eine Frau, die „Haltet ihn, haltet ihn!" schrie. Ein Jugendlicher meinte wohl, dem Ganzen Einhalt gebieten zu müssen, indem er mir ein Bein stellte. Ich landete unsanft auf dem Boden. Meine Handgelenke schmerzten, meine Nase blutete. Ich vernahm nur noch unverständliche Laute und schloss benommen die Augen.

Plötzlich fassten mich zwei starke Arme und hoben mich hoch. „Können Sie laufen? Kommen Sie bitte mit." Ein kräftiger Mann zeigte mir einen Ausweis, auf dem ich nur sein Foto erkannte, aber da um mich herum eine Traube von Menschen stand, war es wohl besser zu gehorchen. Lisa, nun auf dem Arm ihrer Mutter, sah mich schmollend an. Ich hatte mein Versprechen nicht gehalten.

Gemeinsam wurden wir in ein Büro geführt, wo man uns nach kurzer Zeit laufen ließ. Lisas Mutter würdigte mich keines Wortes, als wir die Rolltreppe nach oben nahmen. Aber kaum hatten wir unsere Tische im Restaurant erreicht, ergoss sich ein Wortschwall über die Zurückgebliebenen. Lisas Vater, die Freundin der Mutter und meine Frau wehrten sich mit Kräften gegen jeden Vorwurf. Einer schob die Schuld auf den anderen „Du hast dich nicht gekümmert." „Der Rogalla hat einfach das Kind mitgenommen." „Nein, du hast es ihm erlaubt." „Lisa, was hat der Onkel zu dir gesagt?" Zu meiner Freude verteidigte meine Frau mich tapfer, während Lisas Vater alle Schuld auf mich schob. Ich versuchte mit matter Stimme, mich in den Streit einzumischen, gab aber bald auf, da niemand mir zuhörte. Da kam Lisa, unbeachtet wie ich, auf mich zu, zog mich am Jackett und sagte: „Gehen wir zu den Elefanten?" „Sie warten schon", erwiderte ich und erhob mich.

Endlich!

Barto stieß mit mir an. „Auf dich, caro mio. Die Verlage haben dich lange genug warten lassen." Ich war ausnahmsweise uneingeschränkt seiner Meinung. Endlich hatte ich einen Verleger gefunden, der meinen Stil zu schätzen wusste. Ich hatte mir das Büchlein zwar weniger schmal und irgendwie beeindruckender vorgestellt, aber das sollte mein gestiegenes Selbstbewusstsein nicht beeinträchtigen. Außerdem hatte ich noch genügend Nachschub in der Schublade liegen, der leicht für einen zweiten, umfangreicheren Band reichte. Da würde ich mir dann auch ein größeres Mitspracherecht ausbedingen, zumindest was den Titel und die Auswahl der Geschichten betraf. So verstand ich beispielsweise nicht, warum mein Vorschlag „Glasaugen für Brigitte" als Titel abgelehnt wurde, obwohl die wunderbaren Glasaugen, die ich für meine Frau in einem Antiquitätengeschäft entdeckt hatte, immer wieder in dem Buch auftauchen. Stattdessen musste der Leser sich jetzt mit dem Titel *Und führe mich nicht in Versuchung* auseinandersetzen. Da denkt doch jeder ans *Vaterunser*, und damit haben meine Geschichten beim besten Willen nichts zu tun.

„Wir müssen sofort eine Lesung mit dir machen. Morgen rufst du die Stadtbücherei an und versuchst, dort einen Termin zu bekommen." Eine Lesung. Kaum hielt ich das Buch in der Hand, dachte Barto schon einen Schritt weiter. „Wenn du's nicht machst, rufe ich an", drohte er. „Das Ding muss vermarktet werden. Nichts ist schlimmer, als wenn dein Werk ignoriert wird. Capito?"

Darüber musste ich erst mal mit Brigitte reden. Schließlich hatte sie stets an meinen Erfolg geglaubt und mich immer wieder ermuntert, nicht aufzugeben. Aber so sehr sie sich mit mir gefreut hatte, als ich ihr das erste Exemplar der Anthologie auf den Schreibtisch legte, so verhalten reagierte sie, als ich sie fragte: „Was hältst du von einer Lesung in der Stadtbücherei?" Sie hatte wohl noch meine Vorlesestunde in ihrer Klasse vor Augen, die mit einem geplatzten Farbbeutel in meinem Gesicht endete. Außerdem hatte sie in letzter Zeit eigene Probleme, die sie beschäftigten. „Ich lasse mich ein halbes Jahr vom Schuldienst befreien und fahre durch die Welt, bevor ich zu alt dafür bin", hatte sie beschlossen. An mich dachte sie dabei nicht. Aber ich tröstete mich damit, dass ihr die plötzliche Abenteuerlust schnell vergehen, sie den Entschluss rückgängig machen und dann auch mich wieder wahrnehmen würde.

Zwei Tage später meldete sich Barto. Ich spürte seine Aufregung, die sich stets dadurch bemerkbar machte, dass er es mit der deutschen Grammatik nicht so genau nahm. „Ich habe Nichte von meiner Frau angerufen. Im Oktober gibt es Termin für dich in der Bücherei." Barto verschluckte sich fast, so schnell redete er. „Früher geht nicht. Du sollst dich bei ihnen melden." Barto war ein Vollblutmanager auch außerhalb seiner Kneipe; wenn er sich etwas vorgenommen hatte, setzte er es mit allen Mitteln durch. „Und wenn du fertig bist in Bücherei, machst du Lesung bei mir." Aha, Werbung für sein Lokal. Aber den Gefallen würde ich ihm gern tun.

„Wir brauchen ein Foto von Ihnen", sagte die verantwortliche Dame in der Bücherei. Nichts leichter als das. Als Anfang Oktober die ersten Plakate auftauchten, war ich begeistert, wie gut mir der „Martin-Walser-Hut" meines Schwiegervaters stand. Es wusste ja niemand, dass das Foto schon ein paar Jahre alt war und aus meinen zahlreichen Bewerbungsunterlagen stammte. Als mir dann mein Künstlername *Rainer Maria Rogalla* dick gedruckt ins Auge sprang, geriet mein Herz vor lauter Stolz aus dem Takt. Ebenso unübersehbar war der Titel des Buches *Und führe mich nicht in Versuchung*. Darunter eine nackte Frauenschulter mit einem Tattoo, außerdem eine schillernde Pfauenfeder, vier Glasaugen, die den Betrachter anstarrten, und Hände, die eine Urne umklammerten. Alles war so kunstvoll miteinander verwoben, dass die Phantasie aufs Angenehmste angeregt wurde. Ein geheimnisvolles Sammelsurium, das sich auf den Inhalt meiner Geschichten bezog. „Na, da hat sich die Stadtbibliothek aber ins Zeug gelegt. Hoffentlich verstehen die Leute, dass ihre Phantasie gefragt ist", sagte Brigitte skeptisch. Manchmal ist sie einfach zu sehr bodenverhaftet.

Barto ließ es sich nicht nehmen, bei der Verteilung der Plakate mitzuhelfen, wobei zufällig ein paar Exemplare für ihn übrigblieben. „Da muss ich nur Datum und Ort überkleben, wenn du bei mir auftrittst, Rogalla."

Ich war berauscht davon, plötzlich im Mittelpunkt zu stehen. Die Metzgersfrau sah mich ganz anders an, seitdem mein Plakat in ihrem Schaufenster hing. Da Barto die Einladung verbotenerweise auch an die Bushaltestelle geklebt hatte, verpasste jemand meinem Hut mit Filzstift eine Feder, aus der Urne rieselte Asche, und der Titel *Und führe uns nicht in Versuchung* war erweitert: *sondern erlöse uns von dem Übel Rogalla*. Ich hatte es geschafft: Ich wurde nicht ignoriert. Ich war überzeugt, dass mir eine große Schriftstellerkarriere bevorstand.

Die einzige, die meine Vorfreude auf die Lesung weiterhin dämpfte, war meine Frau. „Erwarte nicht zu viele Zuhörer. Und erwarte erst recht nicht, dass sie eine Stunde lang interessiert zuhören." Warum war sie nur so negativ eingestellt? Ich entschuldigte es mit der schwierigen Entscheidung, die ihr weiterhin Kopfzerbrechen bereitete: ein halbes Jahr unbekannte Welt gegen bekannte Welt mit mir. Aber wenn sie sich nur kurz auf mich konzentrierte, musste sie doch einsehen, dass der Anblick der Plakate und die Ankündigung in der Lokalzeitung die Menschen in Scharen in die Stadtbücherei locken würde.

Der 15. Oktober, der Tag der Lesung, kam schneller als erwartet. Über die Garderobe für meinen Auftritt brauchte ich mir keine Gedanken zu machen. Schwarzer Pullover, schwarze Hose, Martin-Walser-Hut. „Mit dem Schlapphut wirst du das Publikum erschrecken", sagte Brigitte. Fing sie schon wieder mit dem Miesmachen an? „Der Hut bleibt", sagte ich mutig. „Oh, ja, der Hut bleibt", wiederholte eine Stimme hinter mir. Meine Schwiegermutter. Hatte Brigitte sie etwa eingeladen mitzukommen? „Es versteht sich von selbst, dass ich euch begleite. Ich habe mir auch schon eine Überraschung für das Publikum überlegt, mein lieber Schwiegersohn." Heiliger Himmel, lass sie über einen Stein stolpern oder von Migräne heimgesucht werden, betete ich. Aber Magda setzte sich zu Brigitte ins Auto, legte einen großen, glitzernden Beutel aus dem Dritte-Welt-Laden neben ihre Füße und überließ mir den hinteren Sitzplatz.

Von Massen, die zur Bibliothek stürmten, konnte keine Rede sein. Vielleicht saßen sie längst im Saal und warteten auf mich. Aber auch da verteilte sich nicht mehr als eine Handvoll Besucher auf die zahlreichen Stuhlreihen. Meine Schwiegermutter setzte sich hoheitsvoll in die erste Reihe, meine Frau nahm notgedrungen neben ihr Platz.

Barto begrüßte mich überschwänglich und gestand mir dann, dass er nach einer halben Stunde gehen müsse, da im Fernsehen Bayern gegen Chelsea übertragen würde. Ich verstand. Fußball. Deswegen war außer Barto kein männlicher Besucher anwesend. Zwei ältere Damen kamen zu mir und fragten, wie sie den Titel meines Buches verstehen sollten. Wenn ich der Religion kritisch gegenüber stehe, seien sie hier fehl am Platze. Ich beruhigte sie, dass Religion in meinem Buch keine Rolle spiele. „Das konnte man aber Ihrer Einladung nicht entnehmen", sagten sie vorwurfsvoll und setzten sich weit nach hinten, um notfalls den Saal schnell verlassen zu können.

So waren es dann insgesamt neun Personen, die meinen Geschichten lauschen wollten. Die Leiterin der Stadtbibliothek bat um Ruhe. „Ich möchte Ihnen unseren heutigen Autor vorstellen, Rainer Maria Rogalski." Meine Schwiegermutter rief empört: „Rogalla." Die Leiterin schaute irritiert auf Magda, las schnell meinen geschönten Werdegang vor und überließ mir das Wort. Erwartungsvolles Schweigen im Saal. Ich hatte die Geschichte mit den Glasaugen ausgewählt, die meiner Meinung nach am ehesten die Neugier auf mehr schürte; ich hob meine Stimme, wenn die Spannung stieg, senkte sie, wenn die Erwartung zurückgeschraubt werden sollte, und wartete am Ende auf den verdienten Applaus. Außer meiner Frau, die die Geschichte kannte, rührte sich niemand. Schließlich ein verhaltenes Klatschen. Hatten die Zuhörer das Ende nicht verstanden?

Ich ließ mich nicht entmutigen und begann mit dem zweiten Text. „Das Publikum anschauen", hatte Brigitte mir eingeimpft. „Damit stellst du einen Kontakt her." Hätte ich nur nicht auf sie gehört, denn beim Aufschauen entdeckte ich, dass eine der beiden Frauen in der hinteren Reihe schlief und dass Barto eine Zeitung vor sich aufgeschlagen hatte. Magda bereute scheint's, sich in die erste Reihe gesetzt zu haben, denn sie drehte sich fortwährend um.

Als Barto ging, erhob sich auch eine junge Frau, von der ich geglaubt hatte, sie hinge an meinen Lippen. „Gnädige Frau", rief ich hinter ihr her. „Wenn Sie etwas nicht verstanden haben, so sagen Sie es. Ich bin gern bereit zu diskutieren." „Ihre Hauptperson ist ein Machotyp, der mir auf den Geist geht. Der ist ja nicht zu ertragen." Ich öffnete den Mund, aber es kam kein Wort heraus. Mir fiel einfach nichts Geistreiches ein, das die Frau zum Bleiben überredet hätte. Dafür sagte meine Schwiegermutter laut genug, dass alle es hörten: „Ein bisschen charmanter könnte der Typ tatsächlich zu den Frauen sein."

Ich sehnte das Ende der Veranstaltung herbei. Als ich mein Buch zuklappte, musste ich mich mit einem dünnen Applaus zufrieden geben. Meine Schwiegermutter griff in ihren Dritte-Welt-Laden-Beutel und holte zu meinem Entsetzen eine ihrer Klangschalen heraus. Gleich würde sie nach vorn kommen und dem geschrumpften Publikum zum Abschied irgendeine östliche Weisheit mit auf den Weg geben. Ich fragte schnell, ob jemand noch etwas wissen möchte, schrieb der Frau, die geschlafen hatte, ein Autogramm in ihr frisch erstandenes Buch und bedankte mich für ihr Interesse. Dann war der Saal leer. Während die Leiterin der Bibliothek mir zurief: „Es steht zwei zu null für Bayern, falls es Sie interessiert", packte meine Schwiegermutter enttäuscht ihre Klangschale wieder ein. „Warum hast du die Leute nicht animiert, etwas zu bleiben? Ich hatte mir so einen schönen Spruch überlegt."

Als wir vor dem Auto standen, nahm Brigitte mich in den Arm, drückte mich fest und sagte:" Nimm's nicht tragisch, Rogalla, aller Anfang ist schwer." Dann drückte sie mich noch einmal. „Aber du schaffst es." Sofort verflogen meine trüben Gedanken. Meine Frau nahm mich und meine Gefühle wieder wahr, das hieß, sie hatte ihre Pläne, mich ein halbes Jahr allein zu lassen, endlich aufgegeben. Hatte ich es doch geahnt, dass sie einen Rückzieher machen würde. „Wann soll denn die Lesung bei Barto sein?", fragte sie. „Im Februar", sagte ich gut gelaunt. „Im Februar?" Brigitte stutzte einen Moment. „Schade, im Februar bin ich schon unterwegs. Aber du kannst dich auf Barto verlassen. Er wird für eine tolle Veranstaltung sorgen."

Unverhofft kommt oft

„O Gott", rief ich in Panik und sprang gerade rechtzeitig von der Stehleiter, die sich beängstigend zur Seite neigte. Brigitte hatte Recht, ich musste für solche Arbeiten einen Elektriker holen. Bei den hohen Decken hatte es keinen Sinn, dass ich mich auf die wacklige Leiter stellte, um die Lampe zu reparieren. „Lass das, Rogalla, das ist nichts für dich", hätte sie gesagt. Ihr belehrender Ton nervte manchmal, aber jetzt vermisste ich ihn. Und vor allem vermisste ich, dass meine Frau mir besänftigend mit der Hand durch die Haare strich, wenn mir mal wieder etwas danebengegangen war.

Ich stellte die Leiter zur Seite und warf einen Blick in den winterlichen Garten, der mit den kahlen Bäumen einen Teil seiner Schönheit verloren hatte, was aber mehr als wettgemacht wurde durch das Sonnenlicht, das ungehindert die Wohnung durchflutete. Und noch eine Zugabe hielten die nackten Äste bereit: Man sah jetzt über den langgestreckten Garten hinweg in das gegenüberliegende Haus und verfolgte mühelos die Bewegungen der Bewohner, wenn sie sich in der Nähe des Fensters aufhielten. Nicht dass ich übermäßig neugierig bin, aber das Alleinsein verlockte doch dazu, des Öfteren die Augen etwas länger über die einzelnen Stockwerke schweifen zu lassen.

Im Erdgeschoss des renovierungsbedürftigen Jahrhundertwendehauses zankte ein Junge seine Schwester, das Mädchen rannte Schutz suchend zu seiner Mutter, die wiederum mit einer Drohgebärde auf den Jungen einredete. Ziemlich nervig, diese Familie, aber die Mutter war selbst schuld, wenn sie nicht durchgriff und konsequent auf Ruhe und Ordnung achtete. Zum Abendessen wurden die Vorhänge zugezogen, und ich musste mich mit dem ersten Stock begnügen. Die Bewohner der ersten Etage konnte ich noch nicht genau einordnen. Zu oft wechselten die Mieter, alles junge Leute, die kaum einer geregelten Arbeit nachgingen. Essen bei Kerzenschein am Küchentisch oder Bier und Pizza im Stehen, bis spät in die Nacht hinein Bewegung hinter den Scheiben, und immer viel Gelächter, das bei offenem Fenster nach draußen drang.

Wie ruhig war es dagegen in unserem Haus, wo sich selten etwas bewegte, wo jeder Rücksicht auf den anderen nahm. Im hellhörigen

Treppenhaus dämpfte jeder den Hall seiner Schritte so weit wie möglich. Bis auf den jungen Mann, der im Dachzimmer wohnte und sich noch nicht ganz an die ungeschriebenen Regeln im Haus gewöhnt hatte. Über seine laute Musik hatte die Professorin, die im ersten Stock eingezogen war, sich wohl schon beschwert; die Musik war jedenfalls plötzlich verstummt. Und für seine nassen Winterstiefel, die im Treppenhaus so viel Schmutz hinterließen, hatte die peruanische Putzfrau ihm einen Wischlappen vor die Stufen gelegt und einen Zettel: Bitte *Fusse* immer sauber!

Ich dachte für einen Moment an Brigitte, die dem jungen Mann längst Bescheid gesagt hätte. Aber Brigitte war weg, und das noch für etliche Wochen. Ich musste auf andere Gedanken kommen.

Ob wohl die Frau, die über mir wohnte, den gleichen Ausblick wie ich genoss? Sie würde ihren Schreibtisch doch sicher nicht gegen die Wand gestellt haben. „Frau Professor Rückleben ist Altamerikanistin", hatte die Vermieterin mit einem zufriedenen Lächeln gesagt. „Ist viel zu Studienzwecken unterwegs. Kolumbien und so." Die neue Mieterin hatte einen überaus positiven Eindruck hinterlassen, als sie sich bei mir vorgestellt hatte. So zurückhaltend und bescheiden. Ich muss sie beeindruckt haben, denn sie sagte kaum etwas, hörte nur interessiert zu, als ich ihr von meiner Tätigkeit als Schriftsteller erzählte. Vielleicht sollte ich ihr einmal anbieten, die Blumen zu gießen, wenn sie ihre Studienreisen machte.

Im ersten Stock gegenüber hatte sich etwas verändert. Ich kniff die Augen zusammen. Einer von den jungen Leuten hatte seine Füße auf den Tisch vor dem Fenster gelegt, was nichts Besonderes bei diesem unkultivierten Völkchen war, aber das Ungewöhnliche bestand darin, dass nur ein paar rote Stiefelchen zu sehen waren. Rote Stiefelchen, die frech in die Luft ragten, wippten, aber niemandem zu gehören schienen. Ein sonderbarer Anblick.

Ich schob meinen Sessel näher an die Scheibe. Vergeblich. Die Person blieb verdeckt, die Stiefel schienen ein Eigenleben zu führen. Scharlachrot, mit kleinem Absatz und einem vorwitzigen Schleifchen; solche Stiefel konnten nur einem vorlauten Mädchen gehören. Sie passten in die Wohngemeinschaft mit den lockeren Sitten. Wer solche Stiefel trug, da wusste man jedenfalls gleich, mit wem man es zu tun hatte. Insgeheim musste ich mir allerdings eingestehen, dass ich die jungen Leute hin und wieder um ihre freien Umgangsformen beneidete.

Die roten Stiefel änderten ihre Position auf dem Tisch. Wenigstens ein Rockzipfel musste doch mal hervorblitzen, aber nichts. Nur dieses Wippen, das einen schon beim Hinschauen nervös machte. Sicher bewegten sich die Füße im Takt zu einer lauten Musik.

Ob die Professorin über mir das auch sah? Wenn sie vom Schreibtisch aufblickte und diese Stiefelchen entdeckte, war es sicher mit ihrer Konzentration vorbei. Irgendwann würde ich sie mal auf der Treppe abfangen und ein harmloses Gespräch mit ihr beginnen, und vielleicht ergab sich dann auch die Gelegenheit, sie auf eine Tasse Tee einzuladen, denn bei dem Höflichkeitsbesuch war es bis jetzt geblieben. Leider. Wenn Brigitte noch hier wäre, hätte sie die neue Mieterin längst zum Essen eingeladen. Aber ohne sie fehlte mir der Mut.

Ich lauschte. Im Hausflur waren Schritte zu hören, laute Schritte. Das war wieder der Student von oben, der kein Gespür für Regeln besaß. Ich riss die Wohnungstür auf und stieß fast mit dem jungen Mann zusammen. „Hören Sie mal, Herr Höffner", begann ich und hob drohend den Zeigefinger, „das geht so nicht mehr." Ruckartig hielt ich inne, denn hinter dem jungen Mann kam die Professorin die Treppe herauf. „Oh, guten Abend, Frau Rückleben", ich wandelte meine Stimme in die sanfteste Tonlage, „ganz schön kalt heute, nicht wahr?" Grinsend ging der Student nach oben, nicht ohne feuchte Schmutzabdrücke auf dem Holzboden zu hinterlassen. „Es ist Ende Februar; was kann man da anderes erwarten", sagte Frau Rückleben freundlich und wandte sich zum Gehen. „Möchten Sie vielleicht eine Tasse Tee bei mir trinken? Ich würde mich gern mit Ihnen über mein neuestes Werk unterhalten. Ich glaube, es ist mir gelungen." Ich erschrak über mich selbst. Wie konnte ich so plump über diese Frau herfallen? Das war doch sonst nicht meine Art. „Ein anderes Mal sehr gern, aber heute muss ich leider noch mehrere Seminararbeiten korrigieren." Frau Rückleben stieg weiter die Stufen zum ersten Stock hinauf. Ich hatte das unangenehme Gefühl, dass Brigitte hinter mir stand und spöttisch lächelte.

Ich hastete zurück ins Wohnzimmer und versank in meinem Sessel. Was musste die Frau von mir denken? Ich starrte aus dem Fenster. Die roten Stiefelchen waren verschwunden. Wenigstens musste ich mich darüber nicht mehr aufregen, aber meine Stimmung war verdorben. Schlecht gelaunt nahm ich einen Wischlappen, um die Schmutzabdrücke vor der Tür zu entfernen. Das hatte Brigitte mir beigebracht, und das war mir in Fleisch und Blut übergegangen.

Ich hatte meine Arbeit noch nicht ganz beendet, als die Haustür zuschlug und ein lautes Klackern zu hören war. Neugierig erhob ich mich, um zu sehen, wer zu dieser späten Stunde mit so viel Lärm ins Haus kam. Sah ich richtig? Die Person kannte ich nicht, wohl aber die Schuhe. Das waren doch die Stiefelchen, die eben noch in der Wohnung gegenüber auf dem Tisch gelegen hatten. Dazu jetzt ein kurzes Mäntelchen und eine freche Kappe. Ja, das passte.

Freundlich lächelnd drückte sich das Mädchen an mir vorbei und hinterließ wie ihr Vorgänger jede Menge Schmutzabdrücke auf dem gerade gewischten Fußboden. „Fräulein", rief ich aufgebracht, obwohl Brigitte mich oft genug daran erinnert hatte, dass man junge Frauen heute nicht mehr so anredete. „Haben Sie schon mal etwas davon gehört, dass man sich die Füße an der Haustür abtritt und schon gar nicht mit so viel Lärm die Treppe heraufgeht?" „Entschuldigung", sagte das Mädchen und klackerte unbesorgt weiter. „Sie wird zu dem Studenten unterm Dach gehen", dachte ich und wunderte mich, als im nächsten Stockwerk die Schritte verstummten. „Zur Rückleben? Das erklärt, warum sie keine Zeit für mich hatte." Ich ließ die Schmutzflecken Schmutzflecken sein und warf den Wischlappen in die Küche.

Der Winter verging. Brigitte ließ nur sporadisch von sich hören, und ich weigerte mich stolz, sie zu bitten, mich öfter anzurufen. Sie sollte nicht glauben, dass ich ohne sie nicht zurecht kam. Wenn sie meinte, sich für ein halbes Jahr vom Schuldienst befreien lassen zu müssen, um sich ihren Lebenstraum zu erfüllen: durch die Welt ziehen ohne zu wissen, was der nächste Tag brachte, so war ich der Letzte, der ihr einen Stein in den Weg legte. Ich besuchte Barto in seiner Kneipe so oft wie möglich, um mich vom Alleinsein abzulenken. Barto gab mir gute Ratschläge: „Such dir eine andere Frau, dann vergeht dir deine trübe Laune." Aber mir stand nicht der Sinn nach Suchen. Wenn mir eine reife Frucht in den Schoß fiele, nun ja, ich würde mich nicht wehren. Man sollte dem Schicksal nicht ins Handwerk pfuschen. Aber Suchen? Das würde ja bedeuten, dass ich Ersatz für Brigitte brauchte.

Frau Rückleben verabschiedete sich für drei Wochen. Mein Angebot, die Blumen zu gießen, lehnte sie dankend ab. Das Mädchen kam weiterhin laut klackernd die Treppe herauf, ging mal in die Wohnung der Professorin, mal zum Studenten nach ganz oben. Ich hätte sie zu gern gefragt: „Was machen Sie eigentlich hier?", beschränkte mich aber darauf, sie jedes Mal zur Ordnung zu rufen, wenn sie unüberhörbar, die unvermeidliche Zigarette in der Hand, durch den Flur trappelte.

Langsam kehrte der Frühling ein. Die Kastanie gab dem Garten mit ihren frischen grünen Blättern und den weißen Kerzen seine üppige Schönheit zurück. Ich erfreute mich an den wippenden Zweigen, die fast bis an mein Fenster reichten. Was machte es schon, dass ich jetzt nicht mehr in die Wohnungen mit den seltsamen Leuten gegenüber schauen konnte. Das Mädchen mit den roten Stiefeln, das bei uns ein und aus ging, reichte mir. Was Brigitte wohl zu ihr gesagt hätte. Ob sie sich auch über das Mädchen ärgern würde? Wahrscheinlich nicht. „Rogalla", hörte ich sie sagen, „genieß doch lieber die Kastanie vorm Fenster."

Frau Rückleben war wieder da, grüßte freundlich, wenn sie mich sah; ich grüßte höflich aber reserviert zurück. Langsam gewöhnte ich mich an mein neues Leben, ging weniger zu Barto, schrieb eine Kurzgeschichte über einen von seiner Frau verlassenen Mann, bis ich eines Abends einen Brief in meinem Briefkasten fand:

Lieber Herr Rogalla. Morgen Abend um 19 Uhr erwartet Sie eine wunderbare Frühlingsüberraschung.

Darunter eine handgemalte Kastanienblüte.

Ich wusste nicht, was ich davon halten sollte. Wahrscheinlich ein Werbegag von irgendeiner Firma. Ich würde jedenfalls auf nichts warten, konnte mich aber einer gewissen Neugier nicht erwehren.

Um Punkt 19 Uhr des folgenden Tages klingelte es an meiner Tür; vor mir stand Frau Rückleben mit zwei Flaschen Sekt in der Hand.

„Guten Abend, Herr Rogalla." Vor lauter Überraschung vergaß ich, ihren Gruß zu erwidern. Sollte das die wunderbare Frühlingsüberraschung sein? „Ich habe mich sehr gefreut, dass Sie mich eingeladen haben", sagte Frau Rückleben lächelnd und schaute sich neugierig um, als vermisse sie etwas. Wohl um mein peinliches Schweigen zu überspielen, hob sie eine Flasche hoch und fragte: „Wollen wir schon mal ein Glas trinken?" Ich nickte verwirrt. Spielte sie auf meine Einladung zum Tee vor zwei Monaten an? Ich ließ mir mein Durcheinander im Kopf nicht anmerken und holte so selbstverständlich wie möglich zwei Gläser. „Zum Wohl", sagte ich. „Salud", sagte Frau Rückleben. Ich trank mein Glas eilig aus und füllte sogleich nach, um meine Ratlosigkeit mit Hilfe von Alkohol zu überspielen.

Es klingelte wieder an der Tür. Mein Nachbar Paul, der mir über den Gartenzaun hinweg hilfreiche Ratschläge für alleinstehende Männer gab, hielt mir eine Schüssel Salat entgegen. „Dann bekommt einem der Alkohol besser." Woher wusste er…? Ich hatte keine Zeit, mir die Frage zu beantworten, denn der Student von oben kam gerade die Treppe herunter und rief: „Danke für die Einladung. Ich habe Bier und eine Pizza mitgebracht. Muss nur kurz in den Ofen geschoben werden." Ich holte weitere Gläser und schenkte Frau Rücklebens Sekt ein, hatte aber das unbestimmte Gefühl, dass nicht ich es war, der hier den Gastgeber spielte. Vielleicht war ich eine Figur in einem Film, dessen Ende ich nicht kannte.

Ich wunderte mich kaum noch, als die WG von gegenüber inklusive Mädchen mit roten Stiefelchen und die Familie mit den zwei Kindern mit einer Tasche voller Flaschen in meine Wohnung stürmten. „Tolle Idee, vielen Dank, warum sind wir nicht schon früher darauf gekommen?", riefen sie begeistert. Ich schüttete mir benommen Herrn Höffners Bier ein, da die Sektflaschen leer waren. Die Besucher unterhielten sich bestens. Niemand schien zu erwarten, dass ich etwas sagte. Frau Rückleben legte leicht angeheitert ihren Arm um meine Schulter und flüsterte: „Ich wusste gar nicht, dass Sie so gastfreundlich sind. Sonst wäre ich schon früher gekommen."

Ich schöpfte plötzlich Mut. Was konnte ich verlieren? „Wer ist das Mädchen mit den roten Stiefeln?" „Meine studentische Hilfskraft, Freundin von Herrn Höffner oben. Ich dachte, das wüssten Sie. Von

ihr habe ich den Tipp, dass hier im Haus eine Wohnung frei wurde."
Ich nahm einen großen Schluck. Sollte sie doch denken, ich sei betrunken. „Und wieso sind heute Abend all diese Leute hier?" Erstaunt schaute Frau Rückleben mich an. „Aber Sie haben uns doch
eingeladen." „Ich sie alle?" Frau Rückleben zog eine Karte aus ihrer
Tasche und las: „Ich möchte meine Mitbewohner und Nachbarn gern
einmal näher kennenlernen und lade deshalb alle für Mittwoch 19
Uhr zu einem Frühlingsfest ein. Rogalla." Bevor ich etwas entgegnen
konnte, stand plötzlich das Mädchen mit den roten Stiefeln vor mir
und stotterte zerknirscht: „Ich war's. Ich wollte Ihnen eins auswischen, weil Sie mich jedes Mal anmotzen, wenn Sie mich sehen.
Aber ich habe nicht geahnt, dass Sie das Spiel so locker mitmachen
würden. Entschuldigung."

Frau Rückleben legte ihren Arm ein wenig fester um mich. Sie ließ
den Kopf auf meine Schulter sinken. Ich sah, dass das Mädchen seine Zigarettenasche in einem Blumentopf abstreifte, sah, dass die
Kinder von nebenan mit unsren Gläsern jonglierten, sah Herrn
Höffner am Ofen hantieren und war der festen Überzeugung: „So ein
Frühlingsfest ist doch etwas Schönes." In dem Moment läutete es
wieder. Noch jemand? Ich öffnete und glaubte endgültig, in einem
Film mitzuspielen. Vor mir stand Brigitte mit Koffer und sagte: „Ich
hatte so eine Sehnsucht nach unserer Kastanie."

Maria Uleer

verbrachte ihre Jugend in einem kleinen westfälischen Dorf. Nach dem Studium der Anglistik und Romanistik in Tübingen, München, Lausanne und Bonn folgten Schuldienst, Kinderpause, Promotion und Tätigkeit als Lehrbeauftragte für Spanisch an der Universität Bonn. Maria Uleer ist verheiratet, hat drei erwachsene Söhne und lebt in Sankt Augustin. Viele ihrer Kurzgeschichten wurden in Anthologien veröffentlicht. Ihr erster Roman „Fremde im Dorf" spiegelt die 50er Jahre in ihrem Heimatort.